拝啓、やがて星になる君へ

青海野灰

STARTS
スターツ出版株式会社

誰よりも大切で、誰よりも大好きで。
そして、誰よりも遠い、あなたへ。
この言葉を贈ります。
長い長い手紙にも似た言葉を。
終わらない物語のような言葉を。

星が願いを叶《かな》えるのなら。
いくつもの季節を巡《めぐ》り、遥《はる》かなる時を越え。
どうか、あなたに届きますように。

目次

拝啓、やがて星になる君へ

#1

部活、クジラ、流星群。誰かのための願いは今も。

高校の入学式の朝、通学路ははしゃぐ新入生たちの声で賑《にぎ》わっていた。

慣れない制服に身を包み、うつむいて歩く僕の視界には、明け方の雨に濡れた灰色のアスファルトと、そこにちりばめられた無数の桜の花弁、そしてそれを踏みしめる自分の足先だけが映っている。

薄桃色の花弁は道行く人々に踏みにじられ、千切れて薄汚れている。桜は散るから美しい、と誰かが言ったそうだけれど、散って、踏まれて、汚されて、やがて忘れられていくのなら、最初から咲かなければいいのに、と僕は思ってしまう。

生徒玄関に貼り出されていた紙で自分のクラスを確認し、廊下を歩いて教室に入った。春の透明な朝日が射し込む明るい教室には、既にグループを作ってお喋《しゃべ》りをしている人や、緊張気味に席に座る人、机に突っ伏して眠っている人、色んなクラスメイトがいる。それらを横目に机の間を歩き、自分の席を見つけて椅子に座ると、鞄《かばん》から文庫本を取り出して読みかけのページを開いた。

僕は知っている。誰とも関わらなければ、傷付くこともない。大切なものを持たなければ、失う痛みに苦しむこともない。

桜は咲かなければ散ることもない。それと同じだ。

僕は知っているんだ。大切な人が、大好きな人が、目の前からいなくなってしまうということが、どれだけつらく、悲しいことなのかを。

体育館に集まって退屈な話を聞かされた後、再び教室に戻ると、自己紹介の時間になった。担任の男性教師が出席番号順に名前を呼び、呼ばれた生徒は教壇の前に立って、名前と、趣味や抱負なんかを簡単に話して、席に戻っていく。

「次は、星乃《ほしの》くん、お願いします」

「はい」

自分の名前を呼ばれ、僕は立ち上がる。教壇の前に移動して視線を上げても、クラスメイトの顔は見ないようにする。みな、同じ顔。全員が無関係な他人。

小さく息を吸って、自分の名前を名乗った。

「星乃勇輝《ゆうき》です。趣味は——」

その時、教室の中央でガタンと派手な音がして、一人の女子生徒が勢いよく立ち上がった。

「見つけた！」

その女子が発した大声に、部屋がしんと静まり返る。教室中の視線が彼女に注がれ、それに気付いた彼女は顔を真っ赤にし、ゆっくりと椅子に腰を下ろして言った。

「ご、ごめんなさい……どうぞ、続けて」

周りからクスクスと笑いが起こる。恥ずかしそうに照れ笑いをする彼女の、ボーイッシュなショートボブの黒髪が揺れた。大きな目と、華奢《きゃしゃ》な鼻。白く透き通るような肌に、紅潮した頬。彼女を中心にして、見ないようにしていた教室の精度が上がっていく。

「星乃くん、続けて」

担任の声で我に返った。

「あ、えっと、星乃勇輝、趣味は読書です。短い間ですが、よろしくお願いします」

小さく頭を下げて、自席に戻る。ざわついた心を静めて、自分と世界との繋《つな》がりを薄めていく。初めから何も持たなければ、失うこともないんだ。

その日は授業はなく、教科書の配布や高校生活における注意事項なんかを聞かされて、昼前には下校となった。騒がしくなった教室の中で鞄を持ち、帰ろうとすると、突然後ろから名前を呼ばれた。

「きみ、星乃勇輝くん、だよね？」

振り返ると、先ほどの自己紹介の時間で「見つけた！」と声を上げた女子生徒だった。何やら嬉《うれ》しそうに満面の笑みを湛《たた》えている。

「そうだけど……何か用？」

「もちろん用があるから声をかけたんだよ。ところで、私の名前、知ってる？」

入学初日で名前を覚えたクラスメイトなんて一人もいないし、覚えるつもりもなかった。

「……いや、ごめん」

「まったく、自己紹介を聞いてなかったな？　じゃあ改めて言うからよく聞いて、今、ちゃんと覚えてね。私は、風間《かざま》、夏美《なつみ》。オッケー？　リピートアフターミー！」

「え？」

「風間、夏美！」

突然のことに戸惑うが、彼女の勢いと笑顔に気おされ、渋々その名を復唱する。

「……かざま、なつみ」

「そう！　よろしくね、星乃くん！」

「よろしく。じゃ、さよなら」

背を向け歩き出した僕のショルダーバッグを彼女に掴《つか》まれ、危うく首が絞まりそうになる。

「ちょっとちょっと、用があるって言ったじゃん！　なんで帰ろうとするの！」

「じゃあその用を早く言ってよ……」

向き直ると、彼女は嬉しそうに微笑み、誇らしげに胸を張って、言った。

「星乃くん、私と文芸部を創ろう！」

「ごめん、他を当たって」

それだけ答えると踵《きびす》を返し、歩き出す。

「即答すぎるでしょ！」

彼女は僕の後ろについて歩きながら、話しかけるのをやめようとしない。

「ねえ、楽しいよ、部活。青春といえば部活、部活といえば青春。学生の今だけしか経験できないことだよ。熱い友情、迸《ほとばし》る情熱、流れる汗……は文芸部にはないかもだけど、感動で流れる涙ならあるかもね！」

下駄箱で外靴に履き替え、振り向かずに言う。

「興味ないから、他の人に声をかけた方がいいよ」

「むう、頑固だなあ」

校舎を出て校門を通る時、ふと気になってちらりと振り返ったけれど、さすがに諦めたのか風間さんの姿はなかった。

……名前、覚えてしまったじゃないか。すぐに忘れないと。


帰宅すると、唯一の家族である祖父は出かけているのか、家の中はガランとして静かだった。築百年ほどの古びた平屋に、春の澄《す》んだ風が優しく吹き抜けていく。

鞄を畳の上に置き、制服のまま縁側からサンダルを履いて庭に出る。約十メートル四方の小さな庭だけれど、小高い丘の上にぽつんと建てられた家だから、視界を邪魔するものがなく、空が広く見える。小さな子供の頃、僕はこの庭が好きだった。

その庭の中央には今日も、一メートルほどの高さの黒灰色の岩が、二つ並んで立っている。軽石のようなゴツゴツとした質感で、陽の光を受けて金属にも似た淡い光沢を放っている。その岩の前に立ち、僕は声をかける。

「姉さん、母さん、ただいま。今日、高校の入学式だったよ」

この岩は、〝星塚《ほしづか》〟と呼ばれている。星化症《せいかしょう》患者の症状が最終段階に至った後に残されるものだから、星化症によって亡くなった人たちの墓標のように捉えられている。

人体の一部が徐々に石のように硬化し、それが次第に全身に拡がっていく病、〝星化症〟。

硬化した箇所は夜になると、まるで夜空の星のように淡く光る。発症すると三か月ほどで最終段階に入り、全身が硬化した後、一筋の光になって流星のように空に昇ることから、その病名が付けられたらしい。

感染性はなく、発症の原因は不明で、治療方法も皆無。発症率は十万人に一人で、うちのように家族が二人、立て続けに発症することは、非常に稀《まれ》、だそうだ。

「入学初日から騒がしい女子に話しかけられてさ、文芸部を創ろうなんて突然言われて、驚いたよ。まあ、すぐに断ったんだけど……」

姉さんが、母さんが、今も生きていたら、どんな風に答えただろうか。断るのが早すぎだと笑うだろうか。女の子には優しくしなさいと怒るだろうか。僕には分からない。だってもう、二人は話さない。笑わない。怒りもしない。

胸の辺りがキリキリと痛み出したので、星塚に背を向けて自室に戻り、本を読んで過ごした。

★

翌日、授業を終えて放課後になり、下校しようとバッグを持ち席を立つと、声をかけられた。

「星乃くん！」

見ると、昨日僕を呼び止めた風間さんが、今日も満面の笑みで立っている。

「どうかな、考えてくれたかな、私と文芸部を創ること」

僕はため息をついた。昨日あれだけ冷たく断ったのに、諦めていなかったのか。

「だから、僕にその気はないんだから、他の人にお願いした方が効率的だよ」

「ふふーん、そう言うと思って、今日は助《すけ》っ人《と》を用意しました」

不敵にニヤリと笑う風間さんの後ろから、眼鏡をかけた小柄な女子生徒が一人、おずおずと顔を出した。

「あ、花部《はなべ》、麻友《まゆ》、です……どうも」

そう言って小さく頭を下げる。長めの前髪で表情が隠れた。

風間さんが満足げな表情で続ける。

「麻友ちゃんはね、文芸部の設立に協力してくれるんだってさ。ね？」

彼女の言葉に、花部さんはこくんとうなずいた。

「あたし、本が好きで、高校生になったら文芸部に入ろうと思ってたんですけど、この学校、そういうのがなくてがっかりしてたんです。そしたら、風間さんが声かけてくれて」

「先生に訊いたら、部活を創るには部員が四人必要なんだって。だから、これであと一人だね！」

僕は考える。部活を創るには四人が必要。そして今集まったのは、風間さん、花部さんの二人。

「……あと二人じゃないの？」

「やだなあ、私と、麻友ちゃんと、」

風間さんは笑いながら一人ずつ指をさしていく。その指先は三番目に僕に向けられた。

「星乃くんで、三人じゃん。ほら、あと一人！」

「なんで勝手に僕をカウントするんだよ……やらないって言ってるだろ。あと二人、頑張って探してね」

風間さんたちの顔を見ないように視線を背け、足早に教室を出る。今日は廊下までついてくることはなかった。

夜、いつものように祖父と二人で夕飯を食べていると、祖父が言った。

「勇輝、高校は、どうだ？」

「別に、普通だよ。昨日も同じ話をしたよね」

顔を上げずに、箸で煮魚の小骨を取り分けながら答える。

「今日はどんなことをしたんだ？」

「学校でやることって勉強以外にないでしょ」

「友達は、できたか？」

「……今食事中だよね。静かに食べたいんだけど」

「あ、ああ、ごめんな。じいちゃん、勇輝とお話ししたくてな」

祖父の表情は見ていないけれど、こちらの顔色を窺うような声音に、少し苛々《いらいら》した。

同時にそんな自分にも、苛立ちを感じてしまう。

「話し相手がほしいんなら、近所の公民館にでも行くといいんじゃない。年の近い人もいっぱいいいると思うよ」

「そうか、そうだよな、ははは……」

「ごちそうさまでした」

食べ終えた食器を重ね、流しに運び、洗う。三年ほど前、母が星化症で動けなくなった頃から、食事は祖父が作り、洗い物は僕がやるという分担になり、それが今も継続している。

祖父が小さくため息をつく声が、僕の耳に届いた。僕だって、祖父が嫌いなわけじゃない。小さな頃は沢山遊んでもらったし、優しくて、大好きなじいちゃんだった。でも、もう七十も中盤を過ぎて、体の具合もよくないらしく、ちょくちょく病院に通っている。人生何があるか分からないから確証はないけれど、僕より先にじいちゃんが死んでしまうことは、僕が先になることよりもよほど可能性の高いことだ。

それなら、自分を残して死んでいく人に思い入れなんて持たない方がいいだろう。繋がりが大きいほど、大好きになってしまうほど、大切に想えば想うほど、いつか必ず訪れる別れの痛みが増していく。失ったものは二度と戻らないし、心に開いた穴は塞《ふさ》がることはない。

だから、最初から、僕は何も持たない。

誰も好きにならない。誰も大切に想わない。

そうすれば、耐えがたい離別の痛みに打ちのめされることもない。

十二歳の時に姉を、その翌年に母を、星化症が無情に奪っていってから、僕は世界と自分の接点を極限まで小さくすることで、自分の心を守ることを決めた。

誰とも関わらない。誰とも繋がらない。それなら傷付くこともない。

この残酷な世界に、独りで立っている限り、僕は無敵なんだ。

★

高校生活三日目の授業を終え、放課後。

「星乃くん！」

もはや聞き慣れてしまった声で名前を呼ばれた。一応礼儀として振り返ると、またもや風間さんが笑顔で立っている。昨日紹介された花部さんと、もう一人、名前を知らない背の高い男子生徒を横に従えていた。

「創ろうよ、文芸部！　今日は部員になってくれるって人がまた一人増えたんだよ。ほら、八津谷慶介《やつたにけいすけ》くん。男子の仲間がいれば星乃くんも入りやすいでしょ？」

名前を出された男子生徒が一歩前に出て、僕を正面から直視する。視線がぶつからないよう、僕は彼のネクタイの結び目を見た。

「お前、初日の自己紹介の時に印象に残ってるぞ。『短い間ですがよろしく』って言ってたやつだろ？　誰とも仲良くなる気がないのが見え見えでウケたわ」

短く刈られた髪に、黒く日焼けした肌。僕と正反対の、生粋《きっすい》のスポーツマンであることが、制服を着ていてもその体格のよさから分かる。運動系の部活に入ればいいのに、どうして文芸部の設立になんて協力しようとしているのだろう。

風間さんが彼に負けじと僕の方に一歩近付く。さらりと揺れる髪が僕の頬に当たりそうなほどの近すぎる距離に、僕は思わず一歩後ずさった。

「さあ、メンバーは揃ったよ、星乃くん。私と一緒に、文芸部を創ろうよ」

「だから、何度も言ってるように僕は――」

「お前さぁ」

僕の言葉を遮るように、八津谷が言った。

「女子がこんだけ頼んでるんだから、ちったあマジメに話聞いてやれよ」

僕は既に何度も断っている。話を聞かないのはそちら側じゃないか、という不満は静かに呑み込んだ。

これまでおどおどと様子を窺っていた花部さんも、切実な表情で僕に言う。

「あ、あたしも、文芸部ができたら嬉しいから、星乃くんが入ってくれたら、嬉しい、かも、です」

「ほら、みんなが星乃くんを必要としてるんだよ。あとはきみが勇気を出して一歩を踏み出すだけだよ」

風間さんが優しく微笑んでそう言い、僕に向けて右手を差し出す。この手を取れということだろうか。別に勇気が出なくて躊躇《ためら》っているわけではないんだけれど。

「……一つ、質問してもいいかな」

僕の言葉に、風間さんは目をキラキラさせた。

「もちろんだよ、なんでも訊いて！　部の活動内容とか、目標とか？」

「部活を創るために人数が要るのなら誰でもいいでしょ。僕なんかよりも、もっと協力的で友好的な人は沢山いると思う。他のクラスにも、別の学年にもね。これが一番不思議なんだけど、どうしてそこまで僕にこだわるのさ。僕は面白《おもしろ》いキャラでもないし、もうご存じだろうけど不愛想で非協力的だよ」

「え、そ、それは、ほら、星乃くんっていつも本読んでるから、文芸部が似合いそうだなーっていうか、なんかこう、一緒に部活してる未来の光景が目の前に浮かんだっていうか……」

しどろもどろになっていく言葉をごまかすように彼女は一つ咳払《せきばら》いをし、怒ったような顔になって右手の人差し指をビシリと僕に向ける。

「とにかく！　きみが文芸部に入ることは決定事項なんだからね！　何度断られようと、毎日毎日誘いに来るからね。入部しない限り、それはもううんざりするような騒がしい放課後が、卒業するまで延々と続くんだからね！　それでもいいの!?」

「勘弁してよ……」

「絶対に楽しい部活にするって約束するし、私、頑張るから……ね、お願い」

今度は哀切な表情で目を潤ませて訴えてくる。ころころと感情が変わる忙しい人だ。八津谷も、花部さんも、黙って僕をじっと見て無言の圧力をかけてくる。

誰とも繋がりを持たなければ、傷付くこともない。でも拒絶し続ける限り、この人は僕に付きまとうのだという。なんて迷惑な人に目を付けられてしまったのだろうと、僕は大きくため息をついた。

名前だけでも入部して、さっさとこの勧誘を終わらせた方がいいかもしれない。部活ができたら風間さんも満足して落ち着くだろうし、僕は何か理由を付けて活動には参加せず、時期を見て退部すればいい。

「……分かったよ。文芸部創りに協力する」

泣き出しそうになっていた風間さんの表情がみるみるうちに嬉しそうな笑顔に変わっていく。それを見て、雨上がりに蕾を開く花みたいだと、僕は思った。

「ホント!? やったあ、嬉しい！ ありがとう！」

本当に嬉しそうに、飛び跳ねるように喜んでいる。花部さんに抱きついて、八津谷とハイタッチをした。ちょっと大げさすぎやしないだろうか。

風間さんは少し目元を拭ってから、僕の方に向き直る。

「じゃあ、改めてこれからよろしくね、星乃勇輝くん」

さっきもやったように、右手を差し出してきた。僕はその手を握らない。触れてしまえば、僕と彼女との接点が増えてしまう。そんなの、望んでいない。

だから代わりにこう尋ねた。

「部活として活動するなら、顧問とか、部室とか決める必要があると思うけど、その辺はどう考えてるの？」

風間さんは僕に向け伸ばしていた腕を引っ込めて、思案するように腕組みをした。

「実は顧問はもう決めてるし、メンバーが揃ったらやってもいいって、話もついてるんだ。部室は……空き教室がないか訊いたんだけど、ちょうど全部埋まっちゃってるみたいなんだよねぇ」

「マジかよ、どうすんだよそれ」と八津谷が言った。花部さんも不安そうな顔で風間さんを見る。

「まあまあ、校内に部室がなきゃ部活ができないってわけじゃないし、なんとかなるでしょ！　とりあえず先生に報告して、文芸部設立の手続きしてくるね！」

そう言うと彼女は風のように駆け出した……かと思うと、教室の出口付近で急ブレーキをかけ、僕たちの方を向く。

「あ、部長は私だからね！　異論は認めません！」

「誰もそこに異論なんかねえから、心配しないで行ってこい」と八津谷が言い、早く行けというように手をひらひらと動かした。風間さんは嬉しそうにニヘリと笑って続ける。

「今日は手続きとか時間かかるかもしれないから、本格的な活動は明日からにしよっか。そういうわけで最初の部長命令。三人で親睦を深めててください！」

そして廊下に飛び出し、その姿はすぐに見えなくなった。

「……だとさ、どうする？」

八津谷の言葉に、花部さんはびくんと体を硬直させ、縋《すが》るようにこちらを見た。僕はその視線を無視すると、机に置いてあるバッグを持ち、肩にかける。

「帰るよ」

「話聞いてなかったのか？　親睦を深めろっつう部長命令が出ただろ」

「僕は別に、君たちと仲良くするつもりはない。部活の設立にどうしても人数が要るっていうから渋々参加しただけ」

「お前、感じワリぃな」

「その通りだよ。だから僕と親睦を深めたっていいことなんか何もない。君たちが仲良くなることまで止めるつもりはないから、勝手にどうぞ」

それだけ言って、二人に背を向けて歩き出す。後ろの方で八津谷の舌打ちや、何か文句を言う言葉が聞こえたけれど、全て心からシャットアウトした。


帰宅後、庭の二つの星塚の前に立ち、ぼんやりとそれを見下ろした。かつて大好きな家族だったそれは、今日も物言わず、ただ静かに冷たく、並んでいる。

空は皮肉めいた快晴で、傾きかけた太陽が橙色《だいだい》の光を大地に振りまいている。春の涼やかな風が吹き、辺り一面の若草を撫《な》でて通り過ぎていく。波のように揺れる草葉が陽光を乱反射して、キラキラと煌《きら》めく。

きっと今、この光景はとても優しく、美しいものなんだろう。だけど僕はそれを楽しめない。周りが鮮やかに輝くほど、自分の中の傷や影が強さを増して、惨《みじ》めさが際立っていくように感じて、目を塞いでしまいたくなる。

「ねえ」

二人はもうどこにもいない。ここにあるのは、母と、姉の、抜け殻のようなもの。それは分かってる。でもいつも、声に出して呼びかけてしまう。

「星になるって、どんな気分なの」

答えはない。ただ風だけが吹いている。

「どうして、僕じゃなかったんだろう」

どうして、僕だけが生きてるんだろう。

後ろ向きで、悲観的で、生きることが下手な僕なんかより、優しい母さんや元気で明るい姉さんが生きていた方がいいのに。

僕も星になれば、こんな虚《むな》しい気持ちになることもないのに。

ため息を零《こぼ》しても、星塚は何も語らない。

ただ、風だけが吹いている。

★

「勇輝、行くよ！」

「ちょっと、やめてよ姉ちゃん」

姉が構えた水鉄砲から勢いよく噴射された水が、僕の顔や服を容赦《ようしゃ》なく濡らしていく。

夏休みの公園は遊ぶ子供たちの声で賑やかで、姉に半ば無理矢理連れてこられた僕は少し尻込みしていた。読んでいた本がいいところだったのに中断させられ、さらに最近買ったらしいゴツい水鉄砲のターゲットにされるというこの仕打ち。でも夏の陽射しが暑いから、濡れた場所が冷たくて、少し気持ちいい。

姉の美樹《みき》は僕より一つ上で、中学一年生。少年のような短い髪に、体を動かすのが大好きでいつだってこんがりと日焼けしている肌と、誰とでもすぐに打ち解ける人懐っこさを持った、僕とはまるで正反対の人だ。

女子中学生と水鉄砲という異質な組み合わせも姉ならば違和感なく、弟を不意打ちで濡らして楽しそうに笑うその声も笑顔もどうやったって憎めずに、いつしかこっちまで楽しくなってしまう。そんな人だ。

走り回る姉を見て、母はよく「お姉ちゃんはお父さんの生まれ変わりみたい」と言って笑うけれど、僕が物心つく前に事故で死んだらしい父のことを僕は全然知らないから、そっくりだと言われても分からない。

その母によれば、「勇輝にはお母さんの血が強く流れてるのが分かるよ」ということだった。母のことは大好きだから、そう言われるたびに心の奥底がくすぐったくなるような誇らしい幸福を感じていた。

両親が結婚した当時、祖父の援助も得て中古の一戸建てを買い、その一室を改築して、そこで母は料理教室を開き、十年経った今も続けている。家庭的ながらも彩りや美しさも意識した数々の料理で、近所の主婦や若い女性からも好評らしい。

夫を早くに喪《うしな》い苦労しただろうけれど、家が仕事場なのもあり、教室が終わった後は僕たち姉弟との時間をしっかり取ってくれる、そういう優しい母親だ。

父親はいなくても、母と、姉と、僕、家族三人で、慎ましく幸せに暮らしていた。

そんな時間がずっと続くと思っていた。


姉の体に異変が起きたのは、僕が小学六年、十一歳の秋の夕方だった。

居間で本を読んでいる時、「背中の感触が変だからちょっと見てほしい」と姉に言われた。シャツを捲《まく》り上げると、それはすぐに目に入った。

水着の日焼け跡が残る小麦色の滑らかな背中に、肩甲骨が二つの小さな山を作っている。その中央辺りに、直径十センチほどの歪《いびつ》な円形で、灰色に変色している箇所があった。恐る恐る指で触れてみると、人間の皮膚とは明らかに違う感触。固くて、温もりはなく、無機質で、まるで、そう、石のような――

夕飯を作っていた母を呼んで見てもらうと、青ざめた顔で姉を病院に連れていった。その様子から、姉の身にただならぬことが起きているのだろうかと、一人で留守番する僕も不安に駆られていた。

二人は一時間ほどで帰ってきたけれど消沈しきった様子で、僕の質問にも答えずに姉は自分の部屋に閉じこもった。母も頭を抱えるだけで教えてくれず、結局その日は冷たくなった夕食を一人で食べた。

姉が〝星化症〟と呼ばれる病気に罹患していると母から知らされたのは、それから二か月ほどが経った時だった。学校に行かずに部屋に引きこもり、友達のお見舞いも断り続けていた姉の状態について、弟である僕にはきちんと話しておこうと考えたのだろうか。

寒さが皮膚を通って心まで浸透してくるような、十二月の夜だった。

「勇輝、お姉ちゃんはね、来月……星になるのよ」

「え、どういうこと?」

母は、星化症について慎重に言葉を選びながら、僕に教えてくれた。

人間の皮膚の一部が石のように固くなって、それが少しずつ拡がっていく。硬化した箇所は、夜になると星のように淡く発光する。発症から三か月ほどで硬化は全身に拡がり、最後は流星のような光となって空に昇る。光が消えた後、その人の体だったものは、一つの岩の塊《かたまり》、〝星塚〟となって残る。

昔から地域に限らず稀に発症していた病気の一種だけれど、感染性はない。今の医療技術では、治療方法も、延命手段も、発見されていない。

「お姉ちゃんに、会いたい?」

優しい声で問われ、僕は迷うことなくうなずいた。

母と二人で姉の部屋に入ると、姉はベッドの上に横になっていた。部屋の明かりは薄暗く、顔まで隠すように布団を被っていて、そうしていると星化症なんてものにかかっているようには見えず、ただ穏やかに眠っているだけみたいだ。

母が声をかける。

「美樹、勇輝とお話し、できる？」

「……やだ」

「この先、どうなるか分からないから、今のうちに。……ね？」

答えがないのは、了承の代わりなのだろうか。母は姉の顔を覆う布団をそっと持ち上げていく。

姉の姿を見て、僕は息を呑んだ。叫びそうになるのをなんとか堪えた。

顔は、最後に見た時よりも少しやつれているけれど、記憶の中と変わらない、綺麗《きれい》に整った姉の顔だ。

けれど、パジャマの襟元から出る首周りの皮膚が、微かに光を放っている。真夜中の星が地表に落とす光みたいに、弱々しいけれど静かに澄んだ、白く優しい輝き。

それは、二か月前には背中の一部だけだった硬化が、首周りまで拡がっている、ということだった。

友達のお見舞いも断り、姉が部屋から出ようとしないのは、誰にも会いたくないからだと、ずっと思っていた。もしかしたら部屋に閉じこもるようになってしばらくの間はそうだったのかもしれない。でも今は、もうこのベッドから出ることもできなくなっているのだと、僕は気付いた。

「……姉ちゃん」

「お母さんから聞いたんでしょ？　お姉ちゃん、もうすぐ星になるから、もう、勇輝と遊んであげられない。ごめんね」

僕はぶんぶんと首を横に振る。謝ることなんて何もない。

「あーあ、やりたいこと、いっぱいあったのにな。行ってみたい場所もあるし、読みかけのマンガの結末も気になるし、またあのお店のクレープ食べたいし、友達と笑いたいし、思いっきり走りたいし、学校に……好きな人だって……いるのに」

言いながら姉は顔をくしゃくしゃに歪《ゆが》ませ、ぽろぽろと涙を流した。それを見て、鼻の奥がつんと痛くなり、視界が滲《にじ》む。でも、僕が泣いちゃダメだ。一番つらいのは、姉ちゃんなんだから。

姉は泣きながら続けた。

「私がやれなかったこと、勇輝はいっぱいやってね。勉強したり、部活したり、友達と遊んだり、誰かと恋をしたり、お母さんに親孝行したり……私の代わりに、いっぱい、やってね」

僕は「うん、うん」と何度もうなずいた。うなずくことしか、できなかった。

ひと月後、硬化が全身に及んで動けなくなった姉を、手伝いに来た祖父と母が二人がかりで抱えて、車に乗せて祖父の家まで運んだ。

星化症患者は最後に光になって空に消え、星塚を遺す。だから空の見える庭などのスペースに体を安置する必要がある。自宅には庭がなくて、住宅街でごみごみしているので、星になるのに向いていなかった。それと、視界が広くて緑の多い祖父の庭を姉はとても好きだったから、まだ話をできる時に最後の場所に選んだそうだ。

僕らは縁側から庭に出て、姉の体を庭の中央にそっと置いた。月明かりもない真冬の夜に、姉の体だけが淡く光を放っている。母も、祖父も、静かに涙を流し続けていた。

姉の光は少しずつ強さを増し、眩《まばゆ》いくらいになっていく。

「大丈夫よ、さよならじゃないから。ずっとそばにいるからね、美樹」

母が優しい声でそう言うと、姉の光は一筋の流星のようになって、夜空に昇っていった。残された僕たちは、その光の軌跡を、静かに見上げ続けていた。

★

放課後、新設された文芸部の部員四名は、昨日と同様に僕の机を囲うように集合した。

「なんで僕の席に集まるのさ」

「だってそうしないと星乃くんさっさと帰っちゃうんだもん」

口を尖《とが》らせてそう言った風間さんは、すぐに笑顔に切り替えた。

「朝も言ったけど、昨日は無事に手続き完了して、文芸部が創設されました！　はい拍手！」

パチパチとうるさい風間さん。花部さんは手を叩《たた》く動作はしているが周りの生徒に遠慮してかほぼ無音だ。八津谷はおざなりに二回だけ鳴らし、僕は窓の外の景色を見ていた。

「……まあ部員の団結は今後の課題にして、生まれたて文芸部の記念すべき第一回の活動として、議題があります。何について分かるかな、星乃くん？」

「分かりません」

「考えるフリくらいはしてよ！　えっとね、文芸部ってどんな活動するかをちょっと調べてきたんだけど、ただ本を読むだけじゃなくて、お気に入りの作品を持ち寄ってその魅力を共有したり、自分たちで詩や小説を書いたりもするんだ。学校によっては本格的な公募に出すところもあるみたいだけど、私たちがいきなりそれをやろうとするとハードル高すぎるから、まずは秋の文化祭に冊子を出すことを目標にしようと思ってます」

「へえ、意外とちゃんと考えてんだな」と八津谷が言うと、

「そうだよお、私部長だし、この文芸部に人生を捧《ささ》げようと思ってるからね！」

「す、すごい覚悟ですね……」花部さんが感心する。

確かに、この人が文芸部を創ることにかける行動力には、不思議に思うほどの情熱を感じる。なんせ、非協力的な僕を、結局こうして部員にしてしまうほどだ。

「そこで！」

ビシリと右手の人差し指を立てた彼女は、僕を真っ直ぐに見つめた。その視線から逃げるように顔を背ける。

「部員が集まって話し合える場所が必要なんだけど、昨日も言ったように残念ながら部室に使えるような空き教室はありません。さあ、どうしよう？」

「ここでいいんじゃねえの？」

八津谷は自分の足元を指さしながら言った。風間さんが答える。

「教室だと放課後でも生徒が残ってるし、ちょっと騒がしいよね。読んだ本の感想会

とか、冊子のテーマの相談とかは、静かな場所でやりたいな」

「あ、じゃあ、図書室はどうですか……？　静かだと思うし、図書室で活動してる文芸部もあるらしいですよ」と花部さん。

「確かに図書室は静かだし本も沢山あっていいんだけど、逆に私たちが活動することで、周りの利用者の迷惑になっちゃうと思うんだよねぇ」

「そっか……」

「じゃあどうすんだよ？」

少し苛立っているような八津谷の声にも臆することなく、風間さんは続ける。

「昨日、創部の手続きする時に岩崎《いわさき》先生に訊いたんだけど」

岩崎先生は国語の教師で、文芸部の顧問を引き受けてくれたと風間さんから今朝説明を受けていた。

「部室は必ずしも校内じゃなくてもいいみたい。移動に危険が伴わない距離で、管理者の許可が取れれば、校外の、例えば部員の家とかで活動しても問題ないんだって。ただその場合、顧問が顔を出すことはないと思ってください、って」

「ふうん。まあ部活の顧問って教師からしたら完全にサービス残業らしいから、かえってその方が教師にとっても都合がいいのかもしれねえな」

「うん、文芸部の活動的にも、いつでも顧問が必要って内容じゃないしね。で、ここからが本題なんだけど……」

　八津谷の方を向いていた風間さんが、にこやかな表情で再度僕を見た。

「星乃くんの家って、本がいっぱいありそうだよね！」

「お断りだよ」

「まだ何も言ってないじゃん！　でも、自分ちが部室って楽しそうじゃない？　放課後に友達が集まってワイワイやるような雰囲気で。しかも解散した後はゼロ秒で帰宅できるという特権付き！」

　勘弁してくれ。ただでさえ嫌々参加している部活なのに、自宅まで侵食されてたまるか。絶対に断ると僕は心に決める。が――

「実は、岩崎先生経由で星乃くんちの住所を入手済みだから、これからみんなで実地見学に行こう！　徒歩十分くらいみたいだし」

「は？　ちょっと待って」

　こちらの意見などお構いなしに、風間さんは教室の出口に向かってずんずんと歩き出した。

「ハハハ、強権政治かよ、さすが部長サマだ」と笑いながら八津谷もついていく。花部さんまで、こちらをちらりと窺った後、小走りで彼らの後を追った。

　僕は盛大にため息を吐き出す。個人情報の扱いについて、後で顧問に文句を言わなくては。

「おお、ここが星乃くんちかぁ」

部長を中心にして三人の文芸部員が僕の家の前に立ち、古めかしい平屋を興味深げに眺めている。その少し後ろに、僕は立っていた。

「味わい深い家だねえ」

風間さんが嬉しそうに言った。

「母方の祖父の家なんだ。素直にボロいって言っていいよ。築百年くらいらしいから」

「ん？　お前の家は別にあるってこと？」八津谷が訊く。

「前に住んでいた家はあったけど、もう手放した。今は祖父と僕の二人で、ここに住んでる」

「え、ご両親とかは……？」

花部さんの問いに、僕はすぐに答えられない。言葉を探すようにうつむいていると、風間さんが割り込むようにして言った。

「まあまあ、とりあえず入ろうか。星乃くん、案内お願いできる？」

「どうせ僕に拒否権はないんでしょ」

玄関を開けると、居間から祖父が出てきた。

「おかえり、勇輝。おや、後ろのみなさんは」

「えっと……」

どう紹介したものかと考えていると、僕の後ろから風間さんが躍り出て、丁寧にお辞儀をした。

「初めまして、勇輝くんのおじいさん。突然おじゃましてすみません。私たちは勇輝くんのクラスメイトで、一緒に高校で文芸部を立ち上げまして、私は部長の風間夏美と申します」

「これはこれは、ご丁寧に」と祖父も頭を下げる。

「新しい部活なので部室が用意できず、顧問の教師に相談したところ、ご家族の許可をいただければ部員の自宅を部室として使ってもいいと確認が取れました。つきましては、ご迷惑でなければ、今後こちらの御宅に私たちが集まってもよろしいでしょうか？」

僕は少し、驚いていた。こんなに丁寧な話し方もできるのか、と。

祖父は嬉しそうに顔を綻ばせ、大きくうなずいた。

「ああ、もちろんですよ。勇輝のお友達が来てくれるなら、わたしも嬉しいです。さあ、どうぞ上がってください。今お茶やお菓子を用意しますから」

「ありがとうございます！」

もう今さら追い返すこともできず、僕はひとまず三人を、この家の書斎に連れていった。そこには古くからの本が沢山あるし、祖父も老眼になってからはほとんど使っていない部屋だから、文芸部の活動場所としては最適だろう。

　書斎は十畳ほどの広さの和室で、入って左側と正面には縁側に繋がる障子があり、外の光を受けて白く輝いていた。右手側の壁沿いには天井までの高さがある本棚がずらりと並んで、古い本がぎっしり並べられている。それ以外には中央にちょこんと卓袱台《ちゃぶだい》が設置されているだけの、読書のためだけに用意されたような部屋だ。この家を作った僕の先祖の趣味なんだろうか。

　書斎に入るなり、沢山の本を見て花部さんが突然騒ぎ出した。

「わあ、すごい！　夏目漱石《なつめそうせき》に森鷗外《もりおうがい》、太宰治《だざいおさむ》、幸田露伴《こうだろはん》、尾崎紅葉《おざきこうよう》、独歩《どっぽ》、藤村《とうそん》、実篤《さねあつ》、龍之介《りゅうのすけ》、康成《やすなり》……選《よ》り取り見取りで楽園のよう！　え、ウソ、泉鏡花《いずみきょうか》の初版本もある!?　ああ、この黴《かび》臭い古本の香り、たまりません……。どうしよう興奮して鼻血出ちゃいます！」

「お、おお、花部、そんなキャラだったのかよ」

　八津谷は若干引いている。かくいう僕も、大人しいと思っていた花部さんのその豹変ぶりには驚いた。

「ふふふ、よかったねえ、麻友ちゃん。星乃くん、ありがとね。優しいおじいちゃんだね」

「……まあ」

風間さんに言われ、優しい祖父に冷たく接している自分に少し胸が痛んだ。それをごまかすように、換気のために障子を開けていく。花部さんも言っていたように、この部屋はいつも、少し黴臭い匂いがする。

障子を全部開けると、縁側の向こうに庭が見える。春の昼下がりの柔らかな陽射しが、緑の芝生と、そこに二つ並んだ星塚を優しく照らしている。

風間さんが僕の横に立ち、庭を見る。また何か言うのかと思ったら静かなままで、そっとその横顔を窺うと、彼女は胸の痛みを堪えるような、今にも泣いてしまいそうな、悲痛な表情を浮かべていた。それを見て、僕の胸の中にも、切なさにも似た微かな痛みが生じるのを感じた。

「……星塚、か？」

いつの間にか後ろに立っていた八津谷の静かな声。僕は振り返らずに答える。

「ああ、うん……。知ってるんだね」

「そりゃあ、たまにテレビとかでも特集されてるからな。アストロニアシス、別名、星化症。発症率は十万人に一人。原因は不明、治療法は皆無、罹患者は最終的に光になって空に消え、体は岩の塊になって地上に残る。意味の分からんレアな奇病だから、印象に残ってる。実際にこの目で見るのは初めてだけどな」

僕は視線を落とした。姉が、母が、光になって空に昇って消えていく光景は、瞼《まぶた》の裏に焼き付いていて、いつまで経っても消えていかない。

「あ、わりい……。配慮がなかったな。お前にとっちゃ他人事じゃねえもんな」

「いや、大丈夫……」

「星乃くん」

静かな声で名前を呼ばれ風間さんの方を見ると、彼女は今も、星塚を真っ直ぐに見つめていた。

「ご挨拶、しても、いい？」

「……別に、構わないけど」

「ありがと」

みんなで玄関から靴を持ってきて、縁側から庭に下り、星塚の前に立つ。

「僕の、母と、姉だよ」

「……うん」風間さんは静かにうなずいた。

「そんな、ご家族が二人も星化症に？　だから、おじいさんと二人で……」

驚きからか、花部さんは両手で口元を押さえている。

八津谷は頭をかきながら言った。

「こういう時、どうすんのが正解なのか分かんねえや。手を合わせりゃいいのか？」

　そういえば身内以外の人がここに立つのは初めてだった。他人からしたら、悲劇の象徴のようなこの星塚を前に、どんな態度を取ったらいいか難しいのだろう。

「星塚は、星化症で亡くなった人の墓標みたいなものだから、お墓にするみたいに手を合わせるでいいのかも——」

「生きてるよ」

　囁くように静かに、けれど確かに響く声で、僕の言葉を遮って風間さんがそう言った。

「……え？」

「星化症で星になっても、死んじゃったわけじゃないんだ」

　彼女が空の方を向いたので、つられて僕たちも上を見上げる。どこまでも広がる柔らかなホリゾンブルーの中に、綿雲がぽつぽつと浮かんでいる。彼女は静かに澄んだ声で続ける。

「ずっとずっと遠くの、火星と木星の間に、アステロイドベルトって呼ばれてる小惑星帯があって、そこに行くんだよ。沢山の星々の海の中で、星になった人は、長い、長い、夢を見てるんだ」

　風間さんは空から視線を戻し、真剣な表情で真っ直ぐに僕を見つめる。そして薄桃色の唇が、優しい音を紡いだ。

「だから、生きてるんだよ」

風が彼女の髪を揺らし、陽光が潤んだ瞳を煌めかせる。

心臓を優しく掴まれたような熱い痛みが胸に生じ、僕はたじろいで、思わず一歩後ずさった。逃げるように視線を逸《そ》らして、言う。

「……そう、なんだ。詳しいんだね」

「ふうん、面白い考えだな。でもそんな話は、テレビでも聞いたことなかったぜ？ 風間、お前の自説か？」

八津谷が訊いた。

確かに、僕も星化症遺族として、その病についてそれなりに調べたことがある。けれど、どんな書籍にも、インターネット上のサイトにも、そんな情報はなかった。

「あ、えーっと、そうそう。そうだったらいいなあって、私が勝手に思ってるの！」

風間さんはいつもの溌剌《はつらつ》とした笑顔に戻り、どこか取り繕うような声でそう言った。

「そういうわけで、仏前みたいに手を合わせるんじゃなくて、普通にご挨拶するよ。はい、文芸部一同、気を付け！」

星塚の方を向きビシリと姿勢を正した風間さんに、花部さんと八津谷も続いた。仕方なく僕も真似をする。

「勇輝くんのお母さん、お姉さん、今日からこのお家を、文芸部出張部室として使わせていただきます。ちょっとうるさくなるかもしれませんが、寂しいよりはずっといいかなって思うので、どうか見守っていてください」

風が一つ吹いて、庭の草木を揺らした。なぜか今の僕には、それが誰かからの返事のように感じられた。

「さあ、書斎に戻って今後の活動計画を立てるよ！　ほら行った行った」

風間さんに追い立てられ、僕らは縁側に向かう。小さく声が聞こえた気がして振り向くと、風間さんはまだ一人で、星塚と向き合っていた。

——私、頑張るからね。

零すようにそう言った彼女の言葉が、僕の耳に残り続けた。

書斎に戻ると、風間さんはノートを開いて、文芸部の今後の活動予定を書き出し始めた。

「ひとまずの目標は、秋にある文化祭。そこで冊子を作って配布します！」

「冊子って、なんのだよ」八津谷が訊く。

「そりゃあ文芸部としてはやっぱり、文字による作品を集めたものだね。小説とか、詩とか、エッセーとか」

「げ、マジかよ、小説も詩もエッセーも書いたことなんかねえぞ俺は」

「あたしも、読み専だったから……」

花部さんが小さく手を上げて言った。

僕だって創作の経験なんて皆無だし、興味もない。正直、面倒くさいなと思ってしまう。文化祭の前に退部することを考えたけれど、強引に家までやってくるこの部長がそれを許すだろうかと考えると、ため息が出た。

「大丈夫大丈夫！　何も壮大な長編小説を書けってわけじゃないんだし、まだ半年くらいあるから、行けるって！」

風間さんがノートに文字を書き足した。

目標：秋の文化祭に冊子を出す！
小説、詩、エッセーなどの文字作品
一人一作以上は必ず提出すること！

一人一作でいいのなら、適当に川柳でも作るか。それなら十七文字で済む。

文化祭、冊子を出すよ、文芸部。よし、できた。これでいこう。

そんなことを考えていると、僕の心の中を覗《のぞ》いたように、風間さんが意味深な笑顔を向けてきた。

「あ、そうだ。星乃くんは小説を書いてね。感動的なやつを頼むよ！」

「……え？」

ノートに文字が追加されていく。

星乃くん：小説（感動的なやつ！）

「ちょっと待ってよ、僕の意思は」

「やっぱり部員が四人しかいないからさ、川柳一個とかだけ出されても寂しい冊子になっちゃうじゃん？　文芸部の記念すべき第一号の冊子だから、素敵な作品でページをいっぱいにしたいよね」

「まあやるからには、ハンパなものにはしたくねえよな。しょうがねえ、いっちょ俺も本気出して、後の世に残る名作を書いてやるとするか」

「そう、それ！」

八津谷の言葉に、風間さんは大声で大げさなリアクションをした。指をさされた八津谷も驚いている。

「それだよ！　私たちが目指す最終目標！　百年後にも残る物語を作ること！」

活き活きとした表情で、ノートの中央に大きな文字で書いていく。

文芸部の最終目標　百年後に残る物語を作る！

堂々たるその文字とは対照的に、心配そうな花部さんが言う。

「そ、そんなすごいこと、未経験のあたしたちにできるのかな……。今の時代で百年残ってる物語っていうと、それこそ夏目漱石とか、森鴎外とか、文豪って言われてる人たちの作品ですよ」

「文豪だって、書き始める前はみんな未経験だったわけでしょ。どんなすごい人たちだって、最初は初心者で素人。スタートラインは同じだよ。そこから最初の一歩を踏み出さなきゃ、どこにも辿《たど》り着かない」

「おお、いいこと言うじゃねえか部長」

「えへへ。でしょ！」

八津谷の褒め言葉に照れながら胸を張る風間さん。

「その最初の一歩が今日なわけか。おもしれえ、燃えてきたぜ」

「そっか、あたしたちが未来の作家になる可能性だって、あるんですね……」

目を輝かせる部員二人。ちょっと単純すぎやしないだろうか。

そりゃあ物語を書くだけなら、鉛筆と紙さえあれば誰にだってできる。でもそれを書籍として世に出すには、出版社の公募に出して、激戦を勝ち抜いて、受賞するなりしないといけない。

それでめでたく出版されたとしても、話題になって売れる本なんてほんの一握りだ。毎年約七万冊もの本が発売されている中で、百年先まで読まれ続ける物語なんて、エンタメ飽和の現代では実現性のない夢物語としか思えない。

でもそんなことを話せば、熱くなっているこの場の空気を最悪なものにしてしまうということくらいは、僕でも理解している。だから――

「一緒に頑張ろうね、星乃くん」

僕にそう言って笑う彼女から目を逸らしながら、

「……そうだね」

とだけ、答えた。

★

星化症になった姉の命が、光になって夜空に消えていくのを見届けた後、母と僕は住んでいた家を売り払い、祖父の家に引っ越した。この庭に一つだけ寂しげに立つ姉の星塚を残して、もとの家で暮らすことなんてできないと、母は考えたようだ。

春になると僕は中学生になり、学ランを着るようになった。新しい環境での暮らしには慣れても、姉のいない日常にはいつまでも慣れない。今も、どこか別の場所で生きていて、そのうちふらっと帰ってくるんじゃないだろうか。そうしてまた賑やかな声で、母や僕や祖父を、笑わせてくれるんじゃないか。家にいると、そんなことばかり考えてしまう。

母は前の家を手放す時、生徒から惜しまれながらも料理教室を廃業した。そして祖父の家の近くにあった定食屋で朝から夕方まで働き始めた。初めのうちは、お金が貯まったらこっちでも教室を開く、と息巻いていたけれど、日を追うにつれ疲れた顔で帰ってくることが増えていった。母のいない家は寂しくて、僕は祖父の書斎の無数の本を読み漁って孤独を紛らわした。


祖父と、母と、僕。三人で囲う食卓は静かで、ここにいない人のことばかりを、どうしたって意識してしまう。僕が何か気の利いたことを言って空気を和ませることができたらいいのだけれど、この口は姉のようには流暢《りゅうちょう》に動いてくれない。

僕は、姉と最後に交わした約束を、何度も思い返していた。

（私がやれなかったこと、勇輝はいっぱいやってね。勉強したり、部活したり、友達

と遊んだり、誰かと恋をしたり、お母さんに親孝行したり……私の代わりに、いっぱい、やってね）

あの時姉は、泣いていた。真夏の太陽みたいに、こっちが疲れるくらいに笑ってばかりいたあの人が、その時は、顔を歪ませて、声を震わせて、泣いていたんだ。だから僕は、姉が生きるはずだった時間を託された僕は、その約束を、果たさなくちゃいけない。

箸を置いて、祖父と母の顔を順番に見て、僕は声を出す。

「あのさ、学校が、もうすぐ夏休みに入るんだ。そしたら、母さんもちょっと休み取って、三人で旅行に行こうよ。遠くなくていいから、じいちゃんに車を運転してもらって、どこか、海にでも」

二人は驚いたように目を見開いて僕を見た。

「勇輝がそんなこと言うなんて、珍しいわね。何かあったの？」

「いや、別に……。ただ、ここのところ家の中の空気が暗いし、母さんも仕事で疲れてるみたいだし、気分転換するのもいいかな、って、思って……」

母は優しく笑った。

「そうね。ありがとう。勇輝が優しい子に育ってくれて母さん嬉しいわ」

その笑顔が嬉しくて、でもなんだか無性に照れくさくて、顔が熱くなるのをごまかすように、みそ汁を啜った。

「じいちゃんはいつでもオッケーだぞ。楽しみだな。どこに行こうか。ガイドブックを買ってこないとな」

「そんなに張り切らなくていいから……」

「でも、いいの？」

母の質問に首を傾げる。

「え、なにが？」

「中学生っていうと、親と一緒にどこか行くのを嫌がる年頃かと思ってたけど」

「……そういうの、もう古いから」

「あら、そうなの？ふふふ」

恥ずかしさで耳まで赤くなっていく気がしたので、夕食の残りをかき込んだ。

「ごちそうさま」

そして食器を流しに置き、自室に逃げ込んだ。

少し、胸の中が温かかった。


家から一時間ほどの距離にある海の近くの旅館を祖父が予約してくれて、朝から車に乗り、その町に向かった。

岩が多く遊泳に適さない海だからか、夏休みであっても海岸に人は少ない。水着も持ってないし初めから泳ぐつもりでは来ていないから、その方がありがたい。

波打ち際をゆっくり歩いて、綺麗な貝殻を探して拾い集め、ヒトデやカニを見つけて笑った。つばの広い麦わら帽子をかぶり、柔らかな白いロングワンピースを着て海風に吹かれる母は、どこか少女のようにも見えた。

旅館は、小さくて古いけれど落ち着く雰囲気で、窓から海が見える和室だった。広い温泉で疲れを取り、慣れない浴衣を着て、豪勢な夕食を前に祖父も母も修学旅行に来た学生みたいにはしゃいでいた。

夜、酒に酔った祖父のいびきがうるさくてなかなか眠れないでいると、隣の布団の母に名前を呼ばれた。

「勇輝、まだ起きてる？」

「うん」

「旅行、提案してくれてありがとうね。今日は本当に楽しかった」

「少しは気晴らしになったなら、よかったよ」

躊躇うような間を開けて、母は続けた。

「……本当はね、今も、美樹のことを考えちゃうんだ。家族旅行なのに置いてきちゃってよかったのかな、とか、あの庭で一人きりになって、寂しい思いをしてないかな……って」

「……考えちゃうのは、当たり前だよ。家族なんだし」

「そうね。でも、そうやってずっと美樹のことに囚われて、悲しい、寂しい、つらい、ってばっかり考えて、勇輝のことを大切にできてなかったなって、やっと気付いたんだ。ごめんね、不甲斐ないお母さんで」

「そんなこと、ないよ」

母は「ありがと」と言ってから、一つため息のような呼吸を挟んで、続けた。

「美樹は星になっちゃったけど、勇輝も、わたしも、おじいちゃんも、今を生きてる。未来がある。それなら、その未来をしっかり生きないといけないよね。そうしないと、美樹に怒られちゃう」

「うん、うん、そうだね」

気晴らしになればいい、くらいの気持ちで提案した旅行だったけれど、姉の死からずっと消沈していた母がそんな風に前向きになってくれたのなら、これ以上嬉しいことはない。あの時勇気を出して誘ってよかったと思うし、今の自分を少し誇らしくも思えた。

「お母さんね、あと半年くらい働けば、今のおじいちゃんの家で料理教室を開ける目標金額が貯まるんだ」

「え、すごいじゃん」

「そうしたら、勇輝と過ごせる時間も増えるから、こうしてお喋りしたり、一緒にお茶飲んだりするのに、付き合ってくれる？」

　その光景を思うと、胸が温かくなった。

「うん、いいよ」

「ありがと。ああ、楽しみだな。……それにしても」

「なに？」

「おじいちゃん、すごいいびきだね」

　ちょうどその時、ひときわ大きないびきが「ぐごごごご」と地鳴りのように響いて、僕と母は堪え切れずに噴き出して、しばらく笑い転げていた。

　姉ちゃん、見てるかな。姉ちゃんが寂しくないように、僕たちはまた、楽しく生きていくよ。姉ちゃんが生きられなかった時間を、やれなかったことを、僕が、しっかりと受け継いでいくよ。

　母と二人、涙を流して笑いながら、そんな風に考えていた。

　けれど、僕は甘かった。

　まだ世界の残酷性というものを本当には理解できていない子供だった。

希望とか、明るい未来とか、そんなものは軽く吹き飛ばされてしまうほどの、暗くて、暴力的な、運命の悪意のようなものがこの世界にはどうしようもなく存在するのだと、僕は思い知らされることになる。

旅行の日からしばらくは、母は元気な様子だった。料理教室再開の目標金額が近いからか、仕事にも張り切って出かけていた。娘が星になったという事実を受け入れて、しっかりと未来を見据えているように見えた。

けれどひと月ほどが経つと、その元気は見る影もなくなり、仕事もいつの間にか辞めてしまっていた。理由を訊いても話してくれず、明らかに無理をしていることが分かるような、寂しさを押し込めた笑顔を僕に見せるだけだった。それは祖父も同じで、母に何があったのか教えてくれず、沈痛な面持ちで深いため息をつくだけ。

食卓には再び会話はなくなり、重苦しい空気が家全体を満たす。

もしかして。いや、まさか。でも……。嫌な予感と最悪な想像ばかりが自分の中に膨らみ続けて、心が破裂しそうになる。

母の不調の理由を誰も僕には話してくれないということが、僕の最悪の予感を裏付けているように思える。そして大人たちが、子供である僕に真相を隠すことで〝守っている〟と分かってしまうのが、自分がなんの役にも立てないガキなんだと思い知らされるようで、たまらなく情けなくて、腹立たしかった。

夏の終わりが見え始めた、少しだけ涼しい夜。夕食の席で食事に手を付けようともせずに暗い表情でうつむく母と、何も言わない祖父、そして無力な自分。それら全てに苛立って、僕は持っていた箸をテーブルに叩き付け、乱暴に立ち上がった。ずっと溜め込んでいた言葉が、口をついて溢《あふ》れ出す。

「なんなんだよ、ずっと暗い顔して！　なんで僕には何も教えてくれないんだ！　どうして頼ってくれないんだ！　なんで相談もしてくれないんだよ！　僕ってそんなに頼りないかよ、そんなに信用ないのかよ！　そりゃ、知らされたって何もできないかもしれないよ。傷付くかもしれないよ。でもこんな空気じゃ悪い方にばかり考えちゃって苦しいんだよ！　隠すんなら徹底的に隠せよ！　騙《だま》すのなら最後まで騙してよ！」

気付くと涙が流れていた。滲んだ視界の中で、母と祖父の悲痛な表情が見えた。二人は顔を見合わせ、うなずく。母が真剣な表情でこちらを見るので、僕は溢れる涙を拭い、椅子に座り直した。

「勇輝、ごめんね。あなたを信用してないわけじゃないの。ただ、わたしの覚悟ができてなかっただけ。だからおじいちゃんにも黙ってもらってた。……でも、それじゃ、あなたを信用してないってのと、同じだったね……。だから、よく見て、勇輝」

そうして母は、着ているブラウスの首元のボタンを、ゆっくりと一つずつ、外し始めた。三つのボタンが外れたところで、両手で襟元を持ち、開いていく。

見たくない、と思ってしまう。知らされないことで守られている自分が情けなくて、何か力になりたくて、あんなに大声を出したのに。その真相を知るのが、怖いと思ってしまう。でも、引き付けられたように目を逸らせない。

母の首元の、肌色の皮膚が、開かれた襟から見えていく。そしてそれが目に入った。二つの鎖骨の真ん中から胸の方に拡がっているのは、姉の背中に見つけたものと同じ。灰褐色にくすんで、石のようにざらついて見える表面は、それ自体が淡く光を放っている。

「なんで……。十万人に一人じゃなかったのかよ……。なんで、姉ちゃんの次は、母さんなんだよ。なんで、なんで、うちばっかり……」

そして母は、精いっぱいの優しい表情を浮かべて、めいっぱいの穏やかな声で、僕に絶望的な未来を告げた。

「……勇輝、お母さんね、二か月後に、星になるの」

僕に打ち明けたからか、その日以降、母の表情や態度は穏やかなものに戻った。けれどそれが、残された時間を僕にとって悲しいものにさせまいとしているからだと分かってしまうから、僕にはその優しい笑顔や、僕のために選ばれた言葉が全て、心がヒリヒリと痛いくらいに悲しかった。

母の体の硬化は日に日に進行していった。いかなる薬も、外科的な処置も、その進行を食い止めることはできない。誰も逆らえない死の病が、僕の大切な人を二人も奪っていく。その事実は、僕の心をも確実にひび割れさせていった。

「わたしのことなら、大丈夫。痛みはないし、怖さもないわ。だから心配しないで」

歩くこともできなくなった母が、布団の中で僕に語りかける。

「人は誰しも、いつかお別れがやってくるの。美樹も、わたしも、それが少し早いだけ。だから、悲しまないで。でも――」

もう腕もほとんど動かせなくなっているだろうに、震えながらゆっくりと、母は僕に手を伸ばす。その手を掴むと、冷たくて、固くて、記憶の中の優しく温かな、大好きだった手は、面影も残っていない。

「あなたは生きてね、勇輝。お母さんがいなくなっても、どうか、強く生きてね。大切に想える人と出会って、この世界を愛して、あなたの人生をめいっぱい楽しんでね。それが、わたしの一番の願いだから。ずっと、願ってるから」

そう言って綺麗に微笑むから、僕は握った母の手を額に押し付ける。流れる涙がその石のような手を濡らしていく。

そして、無慈悲な時は留まることなく流れ、母の硬化は全身を包み込んだ。

「勇輝、そろそろ」

「……うん」

祖父と手分けして、母の体を持ち上げる。岩の塊のようになった体はとても重く、息を切らしながら庭に降ろした。秋の空気が冷たく澄んだ、鋭い三日月が浮かぶ夜だった。

母の希望通り、姉の星塚の隣に、母の体をそっと置く。

月や星の明かりを吸い込むように、その体は少しずつ輝きを強くしていく。

祖父が、涙をこらえるような震える声で、母の名を呼んだ。

「友香《ゆか》、これで美樹とずっと一緒だ。やっとまた会えるよ。私もそのうち、そっちに行くから、のんびり待っててくれ……。勇輝のことは私がしっかり見てるから、安心していいからな」

そうか、祖父にとっては、娘を喪う瞬間なんだ。どうしてこの世界は、こんなにも残酷に、僕たちから大切な人を奪っていくのか。

「ほら、勇輝も、最後にお母さんに何か言ってあげなさい」

「……う、ん」

さよなら？　今までありがとう？　僕のことなら心配いらない？

言うべき言葉は簡単に思い付くのに、そのどれも、本当の僕の気持ちじゃない。

唇が震える。心が砕けるように痛い。

立っていられなくなり、崩れ落ちるように母の体に縋りついた。

「待ってよ！　行かないでよ！　僕も星にしてくれよ！」

光が強さを増していく。眩い輝きの中で、母だったものが星塚の形に変わっていくのが、触れている感触で分かる。

「強く生きるなんて無理だ！　こんなひどい世界愛せるわけがないだろ！　母さんの願いは叶わないよ！　だからもっとここにいてよ！　置いていかないでよ！」

必死に抑えようとしても、母の星塚が放つ光は先端に向かって収束していく。やがてそれが一点に集まると、音もなく、光の矢のようになって、暗い夜空に飛んでいった。

僕は、叫ぶように泣いた。この世の理不尽を呪いながら。

大切な人がいるから、別れがこんなに苦しいんだ。

だから僕は、その繋がりを、手放すことを決めた。

★

僕の家――正確には僕の祖父の家の、使われていない書斎――が、文芸部の〝臨時出張部室〟に決定してしまった。

それからは、放課後になるとすぐ、風間さんを筆頭にして、花部さん、八津谷がなぜか僕の席に集合し、乗り気でない僕を三人で追い立てて〝臨時出張部室〟に向かい、祖父が出したお茶とお菓子を摘まみながら、最近読んだ本の感想を言い合ったり、冊子のテーマについて議論したり、その日出された宿題を消化したり、なんの関係もない雑談をしたりする、そんな日々が始まった。

風間さんがにこにこと楽しげに話題を振り、八津谷が興味なさそうにしながらも律儀に応じる。花部さんは祖父の書籍コレクションに過剰に興奮しつつ（本当に鼻血を出した時は驚いた）、自分が話す時になるといつものしおらしい雰囲気に戻る。そんな騒がしい彼らを、僕は部屋の隅で本を読みながら、眺めていた。

「うわ、このお煎餅美味しい！　ねえ、勇輝もこっち来て一緒に食べようよ。熱いほうじ茶と合わせると最高だよ」

風間さんはいつの間にか、僕を苗字ではなく名前で呼ぶようになった。父が母の姓である星乃家に婿入りした関係上、祖父も〝星乃〟だから、呼び分ける時だけ僕を下の名で呼んでいたのがそのまま定着してしまったようだ。

「星乃、数学の宿題終わってんだろ？　ここの問題意味分かんねえよ、ちょっと教えてくれ。お前得意だろ?」

「ほ、星乃くん、この本、しばらく借りてもいいですか……?　おじいさんにお金払いますから。一万円で、足りるかな……」

僕は小さくため息をつき、読みかけの本を閉じて立ち上がると、彼らの方に歩いていく。

文芸部が始まってからこの家は、放課後はいつもこんな感じで騒がしい。うるさいのは好きじゃないけれど、こうして賑やかにやっていると、姉も母も喜んでるだろうか、なんて思う。……いや、姉も母も、もういない。死者が生者の幸福を願ってるなんて、残された者の都合のいい妄想だ。

「風間さん、その煎餅なら僕は昨日食べたよ。八津谷、その問題は教科書を見れば解法がすぐ分かる。花部さん、お金はいらないから、好きに持っていっていいよ」

「あはは、勇輝、聖徳太子《しょうとくたいし》みたいだね」

「聖徳太子に怒られるよ……。ところで、今日は文芸部らしくない時間を過ごしているようだけれど、こんなんでいいの?　前に、文芸部に人生をかけていると豪語した割には、そんなに熱心に活動しているようには感じられないけど」

風間さんは僕の言葉に少し目を見開き、祖父の淹れたほうじ茶を一口飲み込んでから、にっこりと笑って答えた。

「私の言ったこと、覚えててくれたんだ、嬉しい！　それに、活動について気にしてくれるってことは、勇輝もようやく文芸部副部長の自覚が芽生えたんだね？」

「いや、別に、そういうわけじゃ……、っていうか、え、副部長？」

初耳だ。どうしてこの人はそう勝手に色々と決めてしまえるのか。

「でも、いいの。熱心な活動ばっかりじゃ気が張っちゃうじゃない？　こうやって放課後に友達の家で集まってあれこれお喋りする、そんな時間も楽しい青春の思い出になるんだよ。そしてそういう記憶が積み重なって、後々大人になってからも精神の土台になったりするのさ」

姉の泣き顔が心に浮かんで、ずきんと胸が痛んだ。

（私がやれなかったこと、勇輝はいっぱいやってね。勉強したり、部活したり、友達と遊んだり、誰かと恋をしたり、お母さんに親孝行したり……私の代わりに、いっぱい、やってね）

姉ちゃんが、生きたくても生きられなかった時間。僕に託された未来。でも、そんなの、人との強い繋がりを捨てて自分を守ることを決めた僕には不可能だし、望んでもいない。

僕の胸の痛みなど知る由もない風間さんは、楽しげに続ける。

「それに、創作って一朝一夕でできるものじゃないしね。物語のイメージ、膨らませてるんでしょ？」

「考えてはいるけど、まだ全然、取っかかりも見えてこないよ……」

　先週の部活時間で、それぞれの担当作品をどんなものにするか考えるよう宿題が出た。渋々考えてはいるけれど、何も思い浮かばない。世の創作者というものは一体どうやってゼロから物語を生み出しているのだろうか。

「焦らなくていいんだよ。自分の経験とか、好きなこととか、考えてることとか、見た景色とか、伝えたいこと、吐き出したいこと、そういうものが繋がって、重なり合って、自然に物語は生まれてくるんだよ」

　そう言われても、大した経験もなければ、好きなものも伝えたいことも思い当たらない。

「思い付かないなら、夏休みが始まったら、みんなで色んな所に行こうよ！　放課後の部活時間はせいぜい一、二時間くらいしか取れないけど、夏休みが始まっちゃえばもう朝から晩まで使えるわけだから、そこからが文芸部の本格始動だよ」

「え、まさか、朝から晩まで僕らを拘束する気……？」

「そりゃそうだよう。人生は一度きり。青春は今この時だけ。光陰矢の如し。それなら、思いっきり頑張って、思いっきり楽しんで、悔いのないようにしないとね！」

「ちなみに、拒否権は……」

「ないよ！」
勘弁してくれ……。僕はまた、大きなため息をついた。

★

風間さんの宣言通り、夏休み開始早々に、文芸部の四人で出かけることになった。
行き先は部長の独断で、自転車で行ける距離にある海岸だった。
前日、文芸部のグループLINEで、こんなやり取りがあった。

夏美：明日は各自自転車に乗って、六時に星乃家の前に集合ね！　麻友は今日一緒に買った水着を忘れないように！
慶介：六時集合とか運動部の朝練かよ。まあ了解。
麻友：水着、ホントに着るんですか……？
夏美：似合ってたから大丈夫だって！
勇輝：すみませんが風邪をひいてしまったので、明日は欠席します。
夏美：（黒猫がニヤリと笑うスタンプ）
夏美：今清司《せいじ》さんに訊いたけど、勇輝は風邪なんてひいてないって。仮病は無効だよ！

清司というのは僕の祖父の名だ。いつの間に連絡先を交換していたのか……。

病欠の企みは呆気《あっけ》なく阻止され、早朝から家の前に集合し、三十分ほど自転車を漕ぐ。息を切らしてペダルを漕いでいると、右も左も流れていく景色は田んぼや畑や野山ばかりで、母や姉と住んでいた以前の町と比べて、田舎に住んでるんだなと改めて認識させられる。

浜辺に到着すると、風間さんと花部さんはさっそく水着になって波打ち際で遊び出した。僕は日陰を見つけて座り、リュックから文庫本を取り出してページを開く。

「おいおい、海まで来て読書とか、文芸部の鑑《かがみ》かよ」

いつの間にか隣に立っていた八津谷がそう言う。

「僕に構わず、部長たちと遊んできなよ」

「俺一人で水着の女子二人に交じって平気でワイワイ遊ぶほど、リア充慣れしてねえんだわ」

「ふうん」

八津谷は短いため息を吐き出して、僕の隣にどさりと座った。

夏休みとはいえ時間が早いからか、他に遊泳客は見当たらない。真夏の海は穏やかに波を運んで、朝の陽光を乱反射する。繰り返す波音の中に、女子二人の笑い声が聞こえてくる。

「なあ、なんか話せよ。あいつから、お前と仲良くなってくれって言われてんだよ」

「あいつって？」

八津谷は波打ち際にいる二人の方向を顎でしゃくった。

「風間に決まってんだろ」

「なんでそんなことを」

「俺が知るかよ」

「……余計なお世話だね」

「俺もそう思うわ。正直お前に対して、性格悪い陰キャって印象しか最初はなかった。……でも、お前んち行って、あの二つ並んだ星塚見て、お前が必死で守ってる内側を、知りたいって思った。その分厚い鎧の中はどんなやつなんだろうって思ったんだ。だから、お前のこと、教えてくれよ。そんで、俺のことも知ってほしい」

文庫本のページから目を離して、八津谷の方を見る。彼は照れくささを隠すように眉を寄せて、水平線をじっと眺めていた。

「……最初から気になってたんだけど、なんで文芸部に入ったの？　見た目で判断して悪いけど、野球とかサッカーとかの方が似合う気がするよ」

八津谷は、「気になってたなら訊けよ」と噴き出した。「花部は初日に訊いてきたぞ」と。

それから彼は、彼の過去について語った。中学の時は野球部で、全国大会にも出場したことがあるエースピッチャーだったらしい。けれど、三年の夏に利き腕を怪我してボールを投げられなくなってしまい、自分のせいで優勝候補でもあったチームを敗退させてしまった。

「そっから、親友だと思ってたチームメイトは全員俺を敵視して、まあ、なんつうか、リンチみたいなこともされてさ。日常生活に支障ないくらいは回復したけど、リハビリしても腕はもとには戻らねえらしいし、野球、辞めたんだ。あんなに……夢中になって、必死になって、将来はみんなでプロに、とか思ってたのにな」

そう語る彼の横顔は、過ぎた過去だと言うように苦笑しているが、唇は小さく震えているように見えた。きっと僕には想像もつかないような苦しさや悔しさを、今でも押し隠しているんだろう。

「ま、そんな感じで、逃げるみたいに誰も知るやつのいない高校に入ったら、騒がしいやつから一緒に文芸部を創ろうとか言われて、ヤケになってたからノリで入ったけどさ、ユルい空気も、読書ってやつも、結構楽しいのな」

そこで初めて八津谷は、自然に笑った。笑うと目が細くなって、優しい顔になる。

「あいつがなんで俺を誘ったのかは分かんねえが、つまんなそうにしてるやつに手あたり次第声かけてたのかもな。そんで、今に至るってわけ。疑問は解決したかよ、副部長？」

「ああ、うん……。話してくれて、ありがとう」

僕がそう言うと、八津谷は照れくさそうにガシガシと頭を掻いた。

「勇輝たちもこっちおいでよー！　水が冷たくて気持ちいいよー」

海辺の方から、僕を呼ぶ風間さんの声がした。

「お、部長サマがお呼びだぜ？　行ってやれよ」

僕はゆっくりと息を吐き、文庫本を閉じる。

「……君も行くなら、一緒に行くよ。あいにく僕も、水着の女子二人と平気で遊べるほど、リア充慣れしてないんでね」

ハハハ、と八津谷は軽やかに笑って立ち上がった。二人で砂浜を歩き、波打ち際に向かう。自分の中の八津谷への印象が、昨日までと今とで、まったく変わっていることに、気付いた。


花部さんが作ってきたおにぎりを昼食に挟んで、水をかけ合ったり、ビーチボールをトスしたり、砂の城を作ったり、フラッグに見立てた木の枝を取り合ったり……とにかく海で思い付く遊びを次々に風間さんは実行し、僕らを巻き込んだ。

途中、花部さんと八津谷がトイレに行っている時、遊泳の注意事項などが書かれた看板の下で、風間さんがスコップを持って砂を掘っていた。気になったので声をかける。

「何してるの？　そんな所で砂遊び？」

「えーっと……えへへ、そのうち分かるから、楽しみにしてて」

「そのうちって、どういうこと」

「まあまあ、いいから。あ、そうだ、ちょっと喉乾いたからお茶買ってきてくれないかな？　ほら、あっちに自販機あったよね」

彼女が指さす先には確かに自販機が設置されているが、結構な距離がある。

「ええ……自分で行けばいいじゃないか」

「これは部長命令だよ！　ね、お願い！」

「命令なのかお願いなのかどっちなんだよ」

こういう時の彼女が譲らないのはもう身に染みて知っていたので、ため息をついて自販機に向かった。せっかくなので自分の分も買って、二つのペットボトルを持って戻る頃には、風間さんの謎の砂遊びは終わっていた。

彼女が僕を見つけ、笑顔で手を振る。砂浜は白く輝き、空と波は溶け合うように青くて、水平線で入道雲が巨人のようにそびえ立つ。ペットボトルの汗が手を濡らして、僕は今、真夏の真ん中に立っているんだな、なんて思った。

太陽が傾いてオレンジ色になる頃にはみなクタクタになっていて、浜辺に打ち上げられていた流木に並んで腰かけて、寄せては引いていく白波を、しばらく黙って眺めていた。夕陽は水面で光の道を作り、揺蕩《たゆた》うように燃えている。

「……勇輝」

ふと、風間さんが静かな声で、僕の名を呼ぶ。

「うん」

「今日、来てくれてありがとね」

「最初から僕に拒否権はなかったじゃないか」

「それでも、ありがとう。すごく嬉しかったし、楽しかった」

「……そう」

「私、知ってるからね。勇輝は冷たいフリをしてるけど、本当はすごく優しくて、心の中はとても温かくて、でも傷付くのが嫌で、壁を作って生きてるってこと」

思わず息を呑んだ。幾重にも着込んだ鎧の隙間から、いとも簡単に手を差し込まれて、柔らかな温度で心臓を優しく撫でられたような、そんな気分だった。自分でも知らない自分を見せつけられたような。どうして、この人は。

でも認めるのが恥ずかしくて、はぐらかしてしまう。

「想像力が豊かだね」

「ふふっ、文芸部部長ですから。……でも、私、ホントはね」

海風が強く吹いて、僕は目をつむる。風が止み、瞼を開けて彼女の方を見ると、乱れた髪を耳にかけているところだった。今日一日、なるべく見ないようにしていた白い肌や、首筋や、鎖骨や、華奢な手首なんかが目に入り、心臓の辺りに甘苦しく締め付けられるような不思議な痛みを感じた。

一つゆっくりと呼吸をして、この感情をごまかすように、落ち着いた声を出す。

「何か、言いかけた？」

彼女は小さく首を横に振る。

「やっぱり、いいや。勇輝がもっと心を開いてくれたら言うね」

「なんだよそれ。そんな時は来ないよ」

「ふふふ、分からないよ？」

「来ないよ」

「来るよ」

不毛な言い合いになりかけた時、花部さんが「えっ、あれ！」と驚いたような声で言った。立ち上がって海の方を指さす花部さんの視線の先を見ると、水平線まで広がる海の沖合で、一つの黒い塊が海面を割って飛び上がった。それは翼を広げてゆっくりと体を捻《ひね》りながら、豪快に海に着水する。水しぶきが空に舞い上がった。

「……クジラ？」

八津谷が呟《つぶや》くと、花部さんが興奮した口調で捲し立てる。

「ザトウクジラです！　すごい、すごい！　ザトウクジラって、ああやって海上に飛び上がってから水面に飛び込む、ブリーチングっていう行動をするんですよ！　体に付いた寄生虫を落とすためとか、コミュニケーションのためとか、ただ遊んでるだけとか諸説あるんですけど。でもこんな所で実際に見られるなんて、すごい奇跡！　あれ、でも今の時期に日本の海にいることはないはずなんですけど……異常気象の影響とかかな」

「さすが麻友は色々知ってるなあ。まあとにかく、すごいものが見れたってことだね！」

全員で立ち上がり、波打ち際まで近付く。クジラはその後も何度かブリーチングを行っていた。夕陽が黄金に染める海面を、一頭のクジラが遊ぶように、孤独を歌うように、幾度も飛び跳ねる。そのたびに巨大な光の翼のようなしぶきが上がり、それが無数の宝石みたいにキラキラと煌めく。その光景に、僕は見入っていた。心が、震えていた。

いつの間にか腕が触れ合いそうなほどの近くに立っていた風間さんが、僕に言う。

「ね、海に来てよかったでしょ。この景色は、一人で家に閉じこもってたら見れなかったものだよ」

「……まあ、それは、否定しないよ」

「世界って、こんなに綺麗だったんだね……」

その言葉は僕に向けたものではなく、独り言のような静かな声色だった。

★

その後も文芸部は毎日僕の家に押し掛けた。

書斎を占領して、読んだ本のことや冊子に載せる作品について真面目に話し合う日もあれば、全員で手分けして宿題を進める日もあり、「創作のインスピレーションのため」と言って色んな場所に出かける日もあった（当然のように僕も連れ回された）。

僕に課されている作品は、原稿用紙二十枚ほどの短編小説。大まかな構想はまとまりつつあるけれど、まだ結末や詳細を詰め切れていない。学習机の上に置いてある原稿用紙はずっと白紙のままだ。

書き出しをどうするか、とか、一人称なのか三人称なのか、とか、そもそもキャラクターの名前や性格とか、どんな舞台にするかとか、決めなきゃいけないことが多くて、夜に一人で原稿用紙に向かって腕組みして考えるたびに、本当に僕に小説なんて書けるんだろうかという気になる。

そんなこんなで夏休みが始まって二週間ほどが経過した、八月十二日。

いつものように書斎で夕方まで部活動をした後、僕たちは四人揃って外に出た。

「ねえ、本当に山まで行くの？　うちの庭でもいいんじゃない？　それか、学校のグラウンドとかでも」

僕の提言に、風間さんは首を横に振って言う。

「それじゃダメなんだ。今日は裏山の見晴らし台でペルセウス座流星群を見る。そう決まってるんだから」

今日はペルセウス座流星群の極大日。文芸部たるもの流星観測を嗜《たしな》まねばならない、と風間さんが力説したのが一週間前。僕の家から近い山の中腹に、町を一望できる見晴らし台があって、みんなでそこに行って流星を見よう、と彼女は言っていた。

「決まってるって、風間さんがそう決めたんだろ？　だから君を説得しようとしてるんだ」

「うーん、私が決めたんだけど、私だけじゃないっていうか……」

「どういうこと？　顧問が指定してきたの？」

文芸部顧問の岩崎先生は、部活動に対して相変わらず一切の干渉をしてこない。けれど部長である風間さんには個人的に指示を出しているのかもしれない、と思った。

「違うよ、岩崎先生は放任で助かるねえ。まあ文化祭の時は頼ることもあるだろうけど」

「じゃあ誰が決めてるのさ」

「うーん、強いて言えば運命ってやつかなあ。まあ決まってることはしょうがないじゃない。夜のピクニックだと思って楽しく行こうよ」

運命なんて言葉を持ち出されても納得できない僕に、八津谷が言う。

「諦めろよ星乃。部長の気が簡単には変わらねえってのはもうよく分かってるだろ」

「そういうことー」

歩き出した彼らの後ろを、僕はため息と共についていく。

松陵ヶ丘《しょうりょうがおか》と呼ばれるその見晴らし台は、家から距離が遠いわけではないが、到着までに長い階段を上る必要がある。

この町に越してきてから、小学生の頃に一度遠足で行ったことがあるけれど、六畳ほどの広さの板張りの足場に、二人掛けのベンチがぽつんと設置されているだけで、疲れるだけでなんの面白いものもない場所だった。これなら家で本を読んでいた方がよっぽどいい、と当時の僕はうんざりしながら思っていた。

家を出てから十分ほど歩くと、山の麓《ふもと》に辿り着いた。松陵ヶ丘に登るための階段には、陽が落ちた後に事故が起きないようにするためか、数段おきに小さな照明がついていて、足元が見えるようになっている。

階段の下に立って上を見上げると、その幽《かす》かな光の道が、ゆっくりと天まで続いているように思えた。一人で不用意に上っていったら、別の世界にでも連れていかれそうな雰囲気だ。

「へえ、いい場所じゃん。自主練で何往復もした神社の階段と似てんな」

「ワクワクしてきたね！」

八津谷と風間さんが楽しそうに言うと、

「こ、これを、上るんですか、これから……」

花部さんが弱気な声を出した。彼女だけは僕の気持ちに同意してくれそうだ。

「じゃあ行くよ！　暗くなるまでには頂上に着かないとね！」

「よっしゃ、お先！」

意気揚々と歩き出した二人を見て、僕と花部さんは同時にため息をついた。顔を見合わせて、笑ってしまう。

「とりあえず、行ってみようか」

「そうですね」

宵の山道を女子一人で歩かせるわけにもいかないので、花部さんのペースに合わせて階段を上がっていく。八津谷の姿はもう見えなくなっていて、風間さんは上の方でちょくちょく足を止めてこちらを振り向いてくる。

「ほらー、早くー、置いてっちゃうよー」

「花部さんには僕がついてるから、先に行っててていいよ」

そう言うと嬉しそうに笑って、風間さんは階段を駆け上がっていった。早く見晴らし台に行きたくてそわそわしていたんだろう。

隣を見ると、花部さんはもう息が上がっている。僕よりも体力がなさそうだ。

「苦労するね、お互いに」

「あはは、ですね。……でも、あたし、一人じゃどこにも、行こうとしないから、夏美ちゃんが色々連れ回してくれるの、すごく、楽しい経験に、なってるんです」

呼吸の合間に切れ切れの声でそう話す花部さんは、少し楽しそうに微笑んでいる。

「あたし、どんくさくて、気弱で、小学も中学も、ずっといじめられてて……。兄弟とかもいなくて、両親は喧嘩《けんか》ばっかりしてるから、家でもひとりぼっちで……。だから、本だけが、友達みたいになってて……。高校生になったら変わらなきゃって思っても、どうすればいいか分からなくて……。だから、夏美ちゃんが文芸部に誘ってくれたの、すごく、嬉しかったんです」

「……そうだったのか」

「部のみんなと、こうしてあちこちに行けるの、すごく、楽しい。星乃くんが、あたしを心配して、一緒に上ってくれてるのも、とっても嬉しい」

そして、ふわりと笑って「ありがとう」と言う。その表情がとても優しいものだったから、思わず目を逸らしてしまう。

「いや、別に、僕は――」

ふふふ、と小さく笑って、花部さんは続けた。

「星乃くんが隠してるそういう優しさを知ってるから、夏美ちゃんは星乃くんを好きになったんだと思いますよ」

自分の耳を疑った。

「え？　風間さんが、僕を？　そんなわけないでしょ」

「え？　二人って付き合ってるんじゃないんですか？」

花部さんの声はふざけているものではなく、純粋にそう思って訊いているように思えた。

「ない、ないよ。どこをどう間違えたらそんな誤解が生まれるんだ」

「え、でも、下の名前で呼んでるし、あたしと二人でいる時も、星乃くんの話ばっかりするし、夏美ちゃんの星乃くんへの接し方はなんだか特別だし……。あたしには、隠さなくても、いいですよ」

「隠してるとかじゃなくて、本当に、そういうことは一切ないから」

「ええ……。あ、じゃあ、言っちゃいけなかったかも……ごめんなさい、忘れてください」

彼女は足を止めて、ぺこりと頭を下げた。忘れてくださいと言われても、すぐに忘れられるような内容ではないだろう。


やがて階段は尽き、僕らも見晴らし台まで辿り着いた。僕も花部さんも息は絶え絶えで、真夏の蒸し暑さもあって汗だくだ。

「おせーぞ、星乃」「お疲れー」

先に到着していた二人は、転落防止用の柵の辺りに立っていた。太陽はもうとっくに沈んでいて、空には群青色の夜が広がっている。

自分も柵の近くまで行くと、住んでいる町が眼下に見えて、街灯や家々の明かりが、空から切り離されて地上に落ちた星屑《ほしくず》の集まりみたいに思えた。小学校の遠足で見た景色とは違って、新鮮な感動が胸の中に生じる。

「ね、ね、綺麗だよね！　頑張って上ってきてよかったよね！」

風間さんが駆け寄り、隣に立つ。腕が少し触れ合って、心臓が跳ねた。さっきの花部さんの言葉をどうしても思い出してしまう。あんなのは花部さんの勘違いだと自分に言い聞かせて、少し距離を開けた。

しばらく夜景を堪能した後、持ってきたレジャーシートを敷いて、花部さん、風間さん、僕、八津谷、の並びで四人で寝転んだ。僕の左隣が風間さんで、右が八津谷だ。

辺りに照明がほとんどないので、星がよく見える。花部さんが丁寧に教えてくれるので、詳しくない僕にも代表的な星座が分かった。夏の大三角の隅で、羽を広げる鷲と白鳥。三角形の頂点で音を奏でる琴座。うっすらと見える光の帯は、あれが天の川というものだろうか。十万光年の川幅に引き離されたベガとアルタイルが、泣いているように瞬いていた。

夜の風が吹いて、汗ばんだ肌を気持ちよく撫でていく。いつしか僕たちは黙り込んで、ただ空を見上げていた。この静かな夜に、重力までが眠りについて、大地の鎖から解き放たれ、このまま落ちていってしまいそうな星空に、見入っていた。

そして、夜空に一筋の閃光《せんこう》が翔けた。

「あっ、流れ星！」「おお」「わあ」

風間さん、八津谷、花部さんの感動の声が重なる。

流星は続けて二個、三個と、澄み通った星空を駆け巡った。

「すげえな、流星群って本当にあるんだな」と八津谷が言う。

「あたしも、知ってはいたけど、こうしてちゃんと見るの、初めてです」

「私も……」

話している間にも、いくつもの光が尾を引いて、遥か天空を彩っていく。

「こんだけ流れてたら、どれか一個くらいは願い叶えてくれそうだよな」

「ふふ、八津谷くんって、意外とロマンチストですね」

「あ？　べ、別に、マジで信じてるわけじゃねえし！」

盛り上がる二人をよそに、風間さんが静かなのが意外だった。流星に見惚《みと》れているのだろうか。そんなことを考えていたら、

「……勇輝」

囁くような静かな声で名前を呼ばれ、再度心臓が跳ねた。

「な、なに」

「流れ星は願いを叶えるって、言われるじゃない？」

「ん、まあ、迷信だろうけど」

「うん。でね、星化症で星になる人は、最後の瞬間に、願いを一つ、叶えてもらえるんだよ」

最後の瞬間。

その言葉に、姉と母が光になって暗い空に消えていく光景が目の前にフラッシュバックし、心臓の辺りがギシリと軋《きし》んだ。

胸の痛みを堪えるように両手の拳《こぶし》をきつく握っていると、僕の左手が、温かなものに包まれた。左隣にいる風間さんの右手が、僕の震える手を優しく握っていた。その温もりに溶かされるように、心の痛みが薄くなっていく。

「ごめんね、つらいこと思い出させて。でも、大事なことだから、勇輝に知っていてほしいんだ」

「……大事な、こと？」

「どういう仕組みかは分からないけど、星になっちゃう代わりに、神様みたいな存在が叶えてくれるのかな……。でも、自分に関することはダメみたい。星にしないでくださいって願っても、それは叶わない。だから、自分以外の、他者のこと――。大切なあの人が、幸せでありますように、って感じで。……勇輝は、勇輝のお姉さんやお母さんが、どんなことを願ったと思う？」

「……そんなの、分からないよ」

星化症による硬化の始まりは、発症者によって様々だ。姉は背中で、母は胸だった。そこから硬化症状が全身に拡がっていく。人によっては最後の時まで会話をできる場合もあるそうだけど、姉も、母も、星になる数日前にはもう簡単な言葉を交わすこともできなくなっていた。だから何を考えていたか、何を願っていたか、なんて、誰にも分からないだろう。

「星化症患者は最期に願いが叶う、か。おもしれえ考えだが、それもお前の持論か？」と八津谷が訊いた。「最後の瞬間だったら、願いが叶ったかどうかなんて誰にも分からねえし、確かめようがねえもんな」

「うん、そうだね……。私はそう思ってる、ってだけ」

「でも、素敵ですね」花部さんが言う。

「星になる最後の時、自分以外の誰かのために祈る願いは、きっと、とても綺麗で、優しいものですよ」

「うん、私も、そう思うよ」

彼女はそう言うと、僕と繋いだままの手を、強く握った。左手で感じる優しい痛みが、胸の内側を熱くしていく。

繋がりは、怖い。

その絆が深く、強くなればなるほど、壊れた時の痛みが耐え難いものになるから。

でも、今、繋がれた手を、振り払えない。

他者との関わりは怖い。でも、独りは寂しい。

その矛盾の狭間で、どうすればいいのかずっと分からなかった。

孤独が友だと強がっていても、心はずっと震えていた。

だから、握られた手の温かさが、泣いてしまいそうなくらい心地いい。

独りじゃないんだと、教えてくれているようで。

でも、分からない。どうしてこの人は、僕なんかにここまで構うのか。

階段で花部さんが言ったことが心を離れない。もしかしたらこの人は、ずっと僕と共に、生きてくれるのだろうか。それを望んでくれているのだろうか。分からない。

そのまま僕らは、明け方まで星を見続けた。

その間ずっと、風間さんは僕の手を離さなかった。

★

一人、自室の学習机に向かい、原稿用紙に文字を書き込んでいく。

静かな夏の夜。どこか遠くで風鈴が鳴り、風に乗って部屋に吹き込み、僕の肌を撫でていく。その優しい風に、鉛筆が紙の上を走る音が混じっていく。

夏。海。白波。

クジラ。空。雲。

流星群。風。祈り。

出会い。約束。別れ。

これまで文芸部に——風間さんに、あちこち連れ回されて見た光景や、話した内容や、感じたことが、自分の中に積み重なって、柔らかな輝きを放っているのを感じる。

物語になる前の、沢山の想いの欠片《かけら》たち。それらが体の内側で煌めきながら、繋がり合いたいと疼《うず》いている。僕はその断片をそっと拾い上げ、鉛筆で紙の上に並べて、言葉を使って紡いでいく。

いくつもの想いや記憶が繋がり、物語になっていく。

それは、生きることにも似ていると、僕は感じた。

#2

初恋、物語、文化祭。きっと私を許さないから。

長かった夏季休暇も、終わってしまえばあっという間だったように思う。

久しぶりに袖を通す制服の半袖シャツを着て、バッグを肩にかけ、靴を履いて玄関を出る。夏休みが終わっても、夏はまだその威力を和らげるつもりはないようで、太陽は容赦なく肌を焼いていく。

通学路を歩いていると、後ろから足音が近付き、名前を呼ばれた。

「よ、星乃」

「ああ、おはよう、八津谷」

「まったく朝からあっちーよなぁ。現代の気候に合わせて、夏休みは十月くらいまでにすべきだと俺は思うね」

八津谷は隣に並び、僕のペースに合わせて歩く。

「で、どうなんだよ、執筆の方は。進んでんのか？」

「まあまあかな。八津谷は？」

「俺もまあまあ。でもあれだな、手探りでも書き進めて、展開をどうするかとか、表現をどうするかとかあれこれ考えて悩んでんのも、結構楽しいよな」

「……うん。確かに」

物語を創るために、題材やテーマや舞台を決め、そこに流れる空気の気配も意識しつつ、言葉を選び、無数のピースをパズルのように組み立てていく。

時に直感的に、情動的に。時には理性的に、論理的に。

紙の上に一つの世界を形作っていく感覚。

それは創作が未経験だった僕にとって、とても刺激的で楽しい時間だった。

「野球を捨てた時は、もうこれからの人生全部が残りカスみたいなもんだと思ってたけどさ、そんなワケはなくて、生き方なんてそれこそいくらでもあるし、俺たちはどんな風にもなれるんだよな……。最初は、ワケ分かんねえし俺に合うはずねえと思ってた文芸部だけど、入ってよかったぜホント」

「そう、だね」

十字路に差しかかると、横道から花部さんの姿が見えた。

「よう、花部」

「あ、おはようございます、八津谷くん、星乃くん」

「おはよう」

他愛ない雑談を交わしながら、三人で歩く。こうして誰かと一緒に登校するなんて、入学した頃には考えられなかった。

人との繋がりは、今でも怖い。いつか、僕を一人残して、みんな目の前から消えてしまうんじゃないかと、思ってしまうから。

でも、どうしてだろう。この人たちと一緒にいるのは、楽しいし、安心できる。夏休みの間毎日のように、文芸部活動で共に過ごしたせいだろうか。彼らが抱える傷や孤独を、僕に教えてくれたからだろうか。

この人たちとなら、この先の、ずっと未来まで、一緒にいられるんじゃないか。

いや、一緒にいたい、と、思える。

僕がこんな風に思えるようになったのは——

「お、部長発見。なんだよ、登校前に全員集合しちまったな。おーい、風間ぁ」

前を歩いていた風間さんが、八津谷の声に振り向き、僕らを見つけて嬉しそうに笑う。その笑顔を見て、胸が切なく締め付けられる。

人との関わりを恐れて閉じこもっていた僕が、こうして変わり始めているのは。

全部君のせいで、全部、君のおかげなんだよ。

足を止めて待つ風間さんのもとに、僕らは辿り着いた。

「あれ、夏美ちゃん、左手のそれ、どうしたんですか?」

花部さんが指さす先、風間さんの左腕の肘に、白い包帯が巻かれていた。

「ああ、これ？　ちょっと昨日怪我しちゃってね」

「お？　大丈夫か？　怪我を舐《な》めちゃダメだぜ?」

八津谷はその過去からか、真剣な顔で訊いた。

「大丈夫、大丈夫。大したことないんだから。えへへ」

そう言って彼女が笑うから、僕も内心ほっと息をついた。

授業を終え、放課後に制服姿で僕の家に集まるのも、約ひと月ぶりだ。とはいえ昨日までほぼ毎日集まっていたから、久しぶりという気分よりも、昨日までの延長でみんなの服装が私服から制服に変わっただけという感覚の方が強い。それくらい、文芸部活動は日常として僕の中に定着してしまった。

いつもの書斎で卓袱台を囲み、祖父が出した熱いほうじ茶を啜ってから、風間さんは切り出した。

「さあ、寂しいけれど夏休みも終わったということで、今日からは十月の文化祭に向けて準備を進めていくよ」

「十月の、いつだっけ？」八津谷が訊く。

「十月の第三週の土日だね。だから、あと一か月半くらい」

「ちょっと気が早くね？　そんなに準備することあるか？」

「ダメダメ、一か月半なんてあっという間に経っちゃうんだからね。光陰矢の如し。青春は一瞬。吹奏楽部なんかは、文化祭に向けた練習を春からやってるんだから」

「でも、文芸部の準備ってなんですかね？　冊子を作るだけじゃないんですか？」

花部さんの問いに、風間さんは「待ってました」と言うようにニヤリと笑った。

「うちの高校の文化祭は、部活の出し物の中でどれが一番よかったか、生徒や来場者にアンケートを取るんだよ。最終日に集計して、優勝すると、なんと、次年度の部費予算にボーナスが付きます！」

「ふうん」と、八津谷のリアクションはそっけないものだった。

「あれれ、反応薄いね」

「だってよ、部費が増えるって言われても、部員にはあんまし実感が湧かねえっつうか、旨味を感じねえっつうか」

「部費をもらえればちょっとお高めな本も買えるし、もっと言えば、合宿で素敵なお宿に泊まれちゃうかもしれないよ？」

「おお、それは楽しそうだな」

「でしょ！　あとね、みんなは〝総文〟って知ってるかな？」

僕は首を横に振った。八津谷や花部さんも知らないようだ。

「全国高等学校総合文化祭の略ね。いうなれば、文化系の部活のインターハイみたいなものだよ。文芸部門もあって、持ち寄った作品の合評会をしたり、コンクールではプロの作家さんとかが選考してくれたりするらしいよ」

「へえー、そんなんがあるのか」

「最優秀賞には文部科学大臣賞が授与されるとか、かなり本格的だよ。受賞したらサイトに公開されて、全国の人が作品を読むだろうね」

　自分が書いた物語を、プロの作家や、全国の人が読む……そんな可能性を思うと、空恐ろしいような、自分の中の世界が広がって奮い立つような気分で、心が震えた。

「で、話を戻すと、文化祭のアンケートで成績がよかった文化系の部活は、その〝総文〟への推薦候補として検討されるんだってさ。私たちの文芸部は実績も経験もなくて、生まれたての赤ちゃんみたいな部活だけど、どうせやるなら、全国目指したいじゃない？」

「なるほどね。野球やってた俺からしたら、〝全国〟をぶらさげられると燃えるな」

「うんうん、慶介はそう言ってくれると思ったよ」

「部長はお見通しかよ、恐れ入るね」

　風間さんが八津谷を下の名で呼んだことに、微かな痛みが胸の中に発生したのを感じた。誰にも聞こえないような小さなため息で、その痛みを吐き出す。なんだ、この、幼稚な感情は。

「アンケートでいい結果を出すには、冊子の内容はもちろんなんだけど、それだけじゃなくて、展示スペースの飾り付けや演出とか、導線を工夫して少しでも多くの人に来てもらうとか、そういうところでも頑張らないといけないと思うんだ。演劇とか吹奏楽とか軽音とかの花形に、どうしてもお客さん持ってかれちゃうからね」

「そっか、それで、早めの準備が大事なんですね」

「そうと決まればさっそくどうすっか話そうぜ。面白くなってきたな！」

身を乗り出して話し合う八津谷と花部さんを満足そうに眺めて、風間さんは立ち上がった。縁側でサンダルを履き、庭に下りると、二つの星塚の前で膝を抱えてしゃがみ込む。そのままじっと動かなくなったから、気になった僕は同じように庭に下りて、彼女の後ろに立った。

晩夏の太陽が赤く燃えて、彼女の繊細な首筋を焼いていく。陽の光の下に出るだけで、まだ汗が滲んでくる暑さだ。

風間さんはまだ動かない。彼女の背中が小さく震えているように見えて、もしかして泣いているのだろうか、と、僕は心配になる。何か、声をかけたい、と思った。

「……暑くない？　部屋、戻ろうよ」

月並みなことしか言えない自分に、少し嫌気が差す。

「勇輝」

小さな声で僕の名前を呼ぶので、その声を聞き逃さないように、彼女の横にしゃがみ込んだ。こうしてしゃがんで近くで見ると、二つの星塚は隕鉄のように鈍色の輝きを纏《まと》っているのが改めて分かる。

「運命って、本当にあると思う？」

彼女の言葉の意図が、僕には汲み取れなかった。横顔を窺うと、涙を流しているわけではないことに、少しだけほっとする。彼女はただ静かに澄んだ表情で、星塚を見つめていた。

「……どうだろう。それが運命という必然なのか、ただの偶然なのかは、当事者には判断がつかないよ。ずっと未来の人間が過去を顧みて、運命のような出来事だと考えることはできるだろうけど、それさえも勝手なレッテルでしかなくて、本当の運命かどうかなんて、誰にも分からない」

「……そっか」

「少なくとも僕は、神様みたいな存在に勝手に決められたシナリオをなぞってるんじゃなくて、自分の意思で考えて、悩んで、迷って、傷付いて後悔したりしながら、これまでも、これからも、今を生きてる。僕はそう思う。……君に引っ張り回されてばかりの僕が言っても、説得力ないかもしれないけど」

「ふふふっ」

風間さんは小さく笑った後、うつむいて、言う。

「……勇輝は、私に引っ張り回されて、楽しい？　ムリヤリ文芸部に入れられて、後悔してない？　ちゃんと、自分の意思で、いてくれてる？」

少し、驚いた。周りの感情なんてお構いなしに巻き込んで突っ走っていく人かと思っていたけれど、そんな心配をしていたのか。

僕はこれまでのことを考えてみた。一緒に部活を創ろうとしつこく付きまとわれて、脅迫気味なことも言われて、渋々付き合った。勝手に家を部室にされて、毎日入り浸って、経験もない小説の執筆を強要されて、夏休みも休むことなくあちこち連れ回されて……。

でも、考えてみて分かる。いや、考えるまでもなく、分かっていた。

「……うん、楽しいよ。八津谷も、花部さんも、いい人だし。物語を創るってのも、やってみると面白くて、自分に合ってる気がする。あちこち連れ回されたのも、僕一人だったら見れないような景色や、経験できないことばかりで……そういう感情を表に出すのに慣れてないから、分かりにくいかもしれないけど、すごく、楽しかったんだ。だから、ちゃんと、僕の意思で、ここにいるよ」

彼女は僕の言葉を聞いて、表情を隠すように膝を抱く腕の中に顔を埋めた。そして呼吸一つ分の時間を空けて顔を上げ、僕の方を見る。その顔は、とても優しく微笑んでいて、それがあんまり綺麗だから、僕は息をするのを忘れてしまう。

「うん、私も、文芸部のみんなが大好きだし、ちゃんと私の意思で、ここにいるよ。決められたことじゃなくて、私があなたに会いたくて、会いに来たんだよ」

硝子みたいな透明な雫が彼女の目尻から溢れ、頬を伝った。それは終わりゆく夏の夕陽に照らされて、ルビーのように美しく輝く。

胸の中が熱くて、痛くて、僕は僕の中にいつしか息づいていたこの感情の正体に、どうしようもなく気付いてしまう。

その瞬間に、世界が音を立てて弾けるように色彩を増したのを感じた。

自分の命の意味が否応なく変わったのが分かった。

心が震えるような、舞い上がるような、全身を満たす幸福感。

けれど、同時に、冷たい恐ろしさが心を縛ってもいく。

こんなにも強い感情を持ってしまったら、いつか来る終わりが、よりつらく苦しいものになる。きっと僕は、もうその痛みに耐えられない。

だから心を閉ざして、誰とも繋がらないようにしてきたのに。


どうして僕は、恋なんてしてしまったのだろう。


自分がどんな表情をしていたのか分からない。風間さんは少しだけ悲しげに目を伏せて、それから立ち上がった。

「さ、戻ろっか。麻友と慶介が文化祭準備について話し合ってくれてるのに、私たちが参加しないのは悪いもんね」

「……そうだね」

僕も立ち上がり、歩き出した彼女の背中を眺めながら、この恋を胸の中に閉じ込めることを、心に決めた。

★

原稿用紙の上を、ペンが滑るように動いていく。

なぜ人は、一人では生きられなくて、こんなにも誰かを求めてしまうのだろう。

永遠のものなんてない。どんなものにも、いつか終わりは訪れる。関係が壊れてしまえば、繋がりが切れてしまえば、癒《い》えることのない傷だけが残るのに。

彼女の笑顔や、寂しげな横顔を思うと、熱い感情で心が破裂しそうになる。その痛みから、言葉が滔々《とうとう》と溢れていく。僕はそれをペンに乗せて、文字に変え、物語の形に変えていく。

この恋は、誰にも知られることなく、やがて終わっていく。

その方がいい。

想いを伝えて、拒絶されてしまったら、この痛みはきっと僕を壊してしまう。

だから、物語の中で、どうか眠ってくれ、初恋よ。

★

後日、いつもの部活時間が終わって、解散するみんなを玄関まで見送った。

背中を見せてひらひらと手を振る八津谷、律儀《りちぎ》にぺこりとお辞儀をして挨拶を言ってから歩き出す花部さん。

そして風間さんは――なぜか靴も履かずに僕の隣に立っている。

「……え、帰らないの？」

「ふふふー」

意味深に微笑んで近付いてくる彼女にたじろぎ、僕は後ずさる。

「な、なに」

「できたんでしょ？」

「だから、何が」

「勇輝の、初めての物語」

昨夜、自室でちょうどそれを書き終えたところだった。初めは小説の執筆なんて自分にできるのだろうかと思っていたけれど、筆が乗ってくると楽しくて、物語の世界に自分も入り込んで感情移入して、終わってしまうことが寂しくも感じていた。そんなことは学校の休み時間でも、部活時間でも、話してなかったんだけれど。

「なんで知ってるのさ」

「真面目な勇輝のことだから、そろそろ終わったかなーと思って。ね、ね、読んでもいい？」

「い、嫌だよ」

「えー、どうして？　人に読んでもらうために書いたんでしょ？」

「そりゃ、そうだけど……なんか、恥ずかしいというか」

逃げるように一歩下がると、風間さんはそれ以上に距離をつめて顔を近付けてくる。

「私ね、勇輝が初めて書いた物語、ずっと前から楽しみにしてたんだ。ずっとずっと、読みたいって思ってたんだよ」

「なんでだよ。僕なんか。これまで書いたこともないのに」

「私、知ってるんだよ。あなたがすごく繊細で、丁寧で、優しい物語を書くってこと。だから、私があなたの、最初の読者になりたい」

彼女の匂いをふわりと感じるほどの近さで、囁くような優しい声で言われ、全身も、心までも、痺《しび》れたように動けなくなる。物語の中に閉じ込めて封をしたはずの初恋が、再び熱を持って体の内側を満たしていく。どうして、この人は――

「……分かったよ。下手でも、笑わないでよ」

「え、いいの？　嬉しい。すっごく嬉しい！　絶対笑ったりなんかしないよ！」

飛び跳ねるように喜ぶ彼女を見て、ため息をついた。

嬉しそうな風間さんを連れて、廊下を歩く。いつも部活は書斎に集まっていたから、自室に家族以外の人を入れるのは初めてだ。

「おお、ここが勇輝の部屋かあ」

「あんまりジロジロ見ないでよ」

「あ、見られちゃ困るものがあるのかな？　ベッドの下とか？」

「い、いや、別に、そういうわけじゃないけど……」

「ふふふっ」

学習机の引き出しを開けて、原稿用紙の束を取り出す。

一枚目の紙には、初めて書いた掌編《しょうへん》小説のタイトルが書かれている。

『星空に叫ぶラブソング』

その文字が彼女の方を向くように持ち直して、差し出す。

「うん、ありがとう」

風間さんは真剣な表情で、宝物でも渡されるかのように両手で受け取った。

「……言っておくけど、初心者が、手探りで書いたやつだから」

「ううん」彼女は首を横に振った。「勇輝の第一歩になる、大事な物語だよ。しっかり読むね」

椅子借りるね、と言って学習机の椅子を引き、彼女は座る。原稿を持ち帰るのかと思ったけれど、どうやらここで読んでいくつもりらしい。仕方なく僕はベッドに腰かけて、その様子を見守った。

自分が書いた小説を、初めて人が読む。書き上がった時は悪くない出来だと思ったけれど、人が見たらどう感じるのだろうか。悪くないと思ったのは自分の思い上がりじゃないのか。心臓が不快に高鳴り、緊張と不安が心を占めていく。

僕の書いた物語は、こんな内容だった。

海辺の町に住む主人公の少年が、足を骨折して入院した病院で、一人の少女と出逢う。退屈な入院生活の中で二人は打ち解け合い、毎日のように病院の屋上で待ち合わせては、いくつもの言葉を交わした。少女はクジラの図鑑をいつも大事そうに持っていて、中でもザトウクジラが力強く海上に飛び上がる姿が大好きだという。いつか自分もザトウクジラになりたいと熱く語る少女の横顔を、少年は笑って見つめる。

自分と会うたびに嬉しそうな笑顔を見せてくれる少女に、少年は次第に惹《ひ》かれていく。でも、今の穏やかな関係が心地よくて、終わってしまうのが怖くて、苦しい想いは胸の内に秘めることを決める。

ある夏の日の夜、少年と少女は病室を抜け出して、いつもの屋上に出る。その日は澄んだ星空がどこまでも広がっていた。

少女は星空の下で、ザトウクジラはオスがメスにラブソングを歌うのだと話し、「私に歌を歌ってよ」と少年に願う。その言葉に込められた意味を理解しつつも、少年は照れと戸惑いから「二人が退院したら」とはぐらかしてしまう。少女は嬉しそうに「約束だよ」と、少年と指切りをした。

その時、二人の頭上に流れ星が走って消える。少女は少年に、流れ星に願い事を言うと叶うんだよ、と、まるで世界の秘密をそっと分け合うように教える。「早く退院できるようにお願いすればよかったな」と。

その後、少女の病状が急速に悪化していく。やがて少年の怪我は治り退院したが、その日の夜に少女が病室から忽然《こつぜん》と姿を消し、行方不明になったと知らされる。

誰もが少女の死を仄《ほの》めかす中、少年は一人、星空の下で交わした約束を信じて、少女を捜し続ける。そして、少女の消失からちょうど三年が経った夏の日。その日は、ペルセウス座流星群の極大日だった。

少年は、かつて少女がそっと教えてくれた世界の秘密を思い出す。

流れ星に願い事を言うと叶うんだよ。

そして少年は、広い空が見えるように浜辺まで歩き、一人暗い空を見上げた。

夜空を翔ける幾千の星に、少年は願う。そして——

風間さんが紙を捲《めく》る音が、静かな晩夏の夜に響いていく。自分の心音さえも聞こえそうなほどの、透明な夜だ。

自分が書いた物語を読まれるというのは、心の内側を覗き込まれているような気分にもなる。物語に押し込めた想いを、読み取られてしまわないだろうか。

やがて彼女は原稿用紙を整え、目元を拭ってから、こちらを振り向いた。優しく微笑んでいるけれど、その目は泣いた後のように濡れていた。

「読ませてくれて、ありがとう。すっごくよかったよ。ページを捲るたびに、主人公のヒロインへの強い想いが流れ込んでくるみたいで、切なくて、苦しくて、嬉しかった。特に、ただ悲しいだけでもないし、手放しのハッピーエンドでもなくって、驚きもある、余韻の残るエンディングがいいね。初めてでこんな素敵な物語を書いちゃうなんて、やっぱり勇輝はすごいよ」

彼女の言葉に、ずっと張り詰めていた気分が一気に弛緩《しかん》する。深く息を吐いて、座ったまま背中からベッドに倒れ込んだ。

「あははっ、私が読んでる間、ずっと緊張してたの？」

「そりゃあそうだよ。自分で小説を書くのも初めてなら、それを目の前で読まれるのも初めてだし、どこか変じゃないか、どう思われるか、笑われたりしないか、気が気じゃなかった。創作をする人ってみんなこんな緊張に耐えてるのか」

風間さんはまた小さく笑った後、椅子から立ち上がって、僕のいるベッドに近付いた。少しためらうような間を開けた後、仰向けに寝転んだままの僕の左隣にそっと腰を下ろす。二人分の重みで、ベッドがギシリと軋んだ。

「執筆、楽しかった？」

静かな声で、彼女が問う。

「……うん、楽しかった。自分の手で世界を一つ作り上げるって、最高のエンタテインメントだと思う」

「そっか、よかった。また書きたいと思う？」

「そうだなあ。すぐには思い付かないけど、筆が乗ってる時のあの楽しさを味わえるなら、また書きたいと思うよ」

僕の言葉を聞いて、風間さんは嬉しそうな声で言った。

「うん。勇輝にはいっぱい書いてほしいよ。なんせこの部の最終目標は、百年後にも残る物語を創る、だからね」

「さすがに百年後は無理だと思うけど」

「分からないよお？　すぐには無理かもしれないけど、いつか部員の誰かがプロの作家になって、本を出して、それが百年先まで読まれていく。そんな未来だってあるかもしれない」

「想像力が豊かだね」

「ふふっ、文芸部部長ですから」

そう言うと彼女は、僕と同じように背中からゆっくりと倒れてベッドに寝転んだ。

隣で並んで流星群を見たあの夏の夜を思い出す。

僕の左手に、風間さんの右手の甲が触れた。触れた箇所から電気が流れたように心臓が跳ねて、思わず手を引いて離す。するとすぐに彼女の右手が、僕の左手を捕まえた。

「な、なんだよ」

隣に寝転ぶ彼女の方を見ると、そっぽを向いていて表情が分からない。でも耳が真っ赤になっているように見えた。風間さんはそのまま話し出した。

「私、勇輝のこと、下の名前で勇輝って呼んでるじゃない？」

「あ、ああ、いつの間にかそうなってたね」

「でも勇輝は、私のこと苗字で呼ぶよね」

「まあ、そりゃ……」

「それってフェアじゃないと思うんだ」

「どういうこと」

「私のことも、名前で呼んでよ」

「……なんで」

「私にも、そういう青春っぽい時間があったっていいと思うんだよ」

左手を握る彼女の右手が熱い。放すつもりはないことが、握る強さから伝わってくる。

「ねえ、お願い」

懇願するような切実な声。冗談でからかっているわけではなさそうだ。

心臓の鼓動がうるさい。繋がれた手から、この心音が伝わってしまうんじゃないかと思うほど。

この恋は、決して表に出さない。そう決めた。でも今は、言う通りにしないと解放されないんだろう。だから仕方ない。仕方ないんだ。そう自分に言い聞かせて、晩夏の夜の空気を肺に取り込んだ。そして、声に変える。

「……夏美」

繋いだ手が、ぴくんと小さく跳ねた。

「……うん」

相変わらず表情は見えない。でもその華奢な肩が、小さく震えているように見えた。

「……泣いてるの？」

僕が訊くと、「ぶふっ」と噴き出す。

「なっ、なんで笑うんだよ！　やっぱり僕をからかって遊んでたのか！」

「ち、違うの、恥ずかしさと緊張と嬉しさで、なんか感情が変になっちゃって……あははははっ」

「なんだよ、もう……」

僕も肩の力が抜け、可笑しくなってくる。

まったく、変な人だ。こんなにも僕を振り回して、心を引っ掻き回して、無断で踏み込んできて、でも、こんなに、温かい。

「ふふふ」「ははは」と、手を繋いだまま二人して小さく笑い合っていると、突然部屋のドアが開いて祖父が顔を出した。

「勇輝、そろそろ夕飯にするけど――あ！」

驚いて飛び起きた僕たちを見て、祖父は何か勘違いしたのか平謝りしながらそそくさと去っていった。

「じゃ、じゃあ、私、そろそろ帰るね」

慌てたように立ち上がって髪を直しながら、彼女は言った。

「あ、うん、気を付けて」

「今日は、ありがと」

最後まで顔を見せないまま、部屋を出ていった。一人になった僕は、深呼吸のような大きなため息で、胸の中に溜まっていた様々な感情を吐き出した。

その日の夕飯の時間が、気まずさでいたたまれなかったのは、言うまでもない。

★

司書教諭でもある顧問の岩崎先生の特権も借りて、文化祭での文芸部の出店は、図書室を使わせてもらえることになった。文化祭期間中は休憩スペースとして一般客にも図書室が開放されるため、人の出入りは多く見込める。そのメリットは大きい。

正直、実績もなく部員も四名しかいない弱小で地味な文芸部が、どこかの教室を借りて単独で展示をしたとしても、ほとんどの人はなかなか足を運んではくれないだろう。だから休憩を目的にやってきた人に、ついでとして文芸部の存在を認識してもらえるのは、願ってもない集客効果と言える。

その図書室を文芸部仕様に飾り付けて、無料配布の冊子に興味を持ってもらい、休憩ついでにその場で読んでもらったり、持ち帰ってもらう。

「話し合ってこういう方向に決まったけど、さて、どんな飾り付けをしようか」

いつもの文芸部臨時出張部室——要するに僕の家の書斎で卓袱台を囲み、夏美がそう言って部員の顔を見渡す。花部さんが小さく手を挙げた。

「あ、あの、やっぱり、文芸部らしさを出したいなって思います。あたし、原稿用紙の見た目が好きで……淡い色の四角いマスが整然と並んでて、中央にある魚尾《ぎょび》もアクセントでかわいくて。だから、どこかに原稿用紙のデザインを使いたいなって思ってます」

「ギョビってなんだ？」と八津谷。

「原稿用紙の真ん中にある、蝶《ちょう》ネクタイみたいな形のあれです。用紙を二つ折りにする時の目安にするんですけど、昔は種類が色々あったんです。白抜きの白魚尾、黒塗りの黒魚尾は今も残ってるやつですね。黒塗りの中に花びらが描かれた花口魚尾がまたかわいいんですよ。で、作家や作品によって使い分けられていたみたいで——」

「ああ分かった分かった、サンキュな」

早口で語り始めた花部さんの話が長くなると思ったのか、八津谷は慌てて制止した。

夏美がにこやかにうなずく。

「うん、原稿用紙デザインってのは創作もする文芸部らしくていいよね。じゃあどこかに取り入れてみようか。他には何かアイディアないかな？」

「文芸部らしさっつうんなら、この部屋に大量にある古めかしい本とか並べたら、それっぽい空気出そうじゃね？」

八津谷の提案に、花部さんがぶんぶんと首を横に振る。

「ダメダメダメです！　ここにある本は歴史的価値があるものばかりで、不特定多数の手に触れる場所に置くなんて絶対ダメです！　文化祭には小さなお子さんとかも来るでしょうし、乱雑に扱われてページを破られたりしたらと考えるだけで、ああ……。本当はあたしがお預かりして適切な温度と湿度の部屋で管理したいくらいなんですから」

「わ、悪かったよ。本への愛が深けぇなぁ相変わらず」

「まあ本に関しては、棚に本が沢山並んでる図書室でやるから、それだけで雰囲気はあると思うよ」

言い終えた夏美は、真っ直ぐに僕を見た。「何か言わないの？」とでも言いたげな微笑みを浮かべるので、ぼんやりと考えていたことを言葉にする。

「……冊子に載せる各自の作品にちなんだ展示をするのはどうだろう」

「うんうん、例えばどんな？」

「みんなそれぞれ、物語のメインテーマとか、キーアイテムとか、主要な要素が何かしらあると思うんだけど、それを現実に出現させるようなイメージかな……。例えば僕だったら、夏休みにみんなで海に行って、そこで見たザトウクジラから着想を得て物語を書いたんだ。だから、海からクジラが飛び跳ねるような演出の展示をして、冊子に興味を持ってもらうのはどうかな。四人いるから、それぞれ部屋の四隅を使って各自の世界観を表現すれば、図書室に来た人は物語の中に迷い込んだような気分になれるかもしれない」

思っていたことをつらつらと語り終えてから反応を窺うと、みんな無言で僕を見てくる。どうやら変なことを言ってしまったようだ。

「……と、思ったけど、まあ準備も大変だろうし、実現性は低いよね。今のは聞き流して……」

「いやいやいや！」

八津谷が卓袱台に両手をついて身を乗り出した。

「星乃がめっちゃ的確なコメント言うから驚いてたんだって！　なるほどなあ、部屋の一角にそれぞれ自分の物語の世界を出現させるなんて、おもしれえじゃねえか！俺だったら野球モノだから、野球場っぽい雰囲気にして、ボールとグローブでも飾るといいかもな。あ、家にある野球盤を置けば家族連れとかに遊んでもらいながら興味を引けるかな……」

八津谷は野球モノか。怪我をしなければ今頃甲子園を目指していたであろう彼の経験から描かれる野球ストーリーは、どんなものなんだろう。挫折の経緯から、書くのは苦しかったかもしれないけれど、彼にとって執筆が、野球に代わる新しい夢や希望になっていたらいい。

考えるように顎に手を当てていた花部さんが続けた。

「確かに準備は大変かもしれませんけど、その分視覚的なインパクトもあって、効果は大きそうですね。何より、楽しそうです！　あたしだったら青春落語モノだから、寄席《よせ》っぽい空気を出してみようかな……」

「ちょっと待て、花部から青春落語モノとか超意外なんだが！　ってか青春落語モノってなに！　それめっちゃ読みてぇ！」

「うふふ、冊子の完成までヒミツです」

花部さんは、青春落語モノ……？　確かに意外だし、面白そうだ。彼女の言う寄席っぽい空気を出せたら、物語の内容に興味を持つ人も多いだろう。

「うん、みんな賛成みたいだし、それでいこっか」

夏美が手元のノートに書き込んでいく。

文化祭は図書室を借りられるよ！
文芸部っぽく原稿用紙デザインをどこかに使おう（麻友の案）
各自の作品の世界観を現実に出現させるような展示で、来た人の心を掴んじゃう

（こっちは勇輝の発案。さすが私の見込んだ副部長だよ！）

楽しそうにペンを走らせる彼女の横顔を、ちらりと盗み見る。

数日前の夜、僕の部屋で原稿を読んだ後、ベッドの上で手を握られて、彼女の要求通り、僕は夏美を名前で呼ぶようになった。でもその後は学校で会っても特に変な空気になることはなく、普通に接してくる。何を考えているのか、さっぱり分からない。

それに、夏美も物語を書いているはずだけれど、どんな内容なんだろう。僕の作品だけ読まれて、僕は彼女の作品を読まないというのは、それこそ「フェアじゃない」と言えるだろう。けれどそれを切り出すのもなんだか恥ずかしいようで、言わないでいる。

「なんか書記みたいになってっけど、風間も何か考えてるんじゃねえのか？　部長として、この文芸部に人生捧げるとか言ってただろ？」

八津谷が言うと、「よくぞ訊いてくれました」と彼女は満面の笑みになる。

「まあ、私は部長だけど独裁をするつもりはないから、基本はみんなの意見を尊重したいんだ。今出てる案はとっても素敵だから異論もないしね。ただ、一点だけ、みんなが忘れてる大事なことがあるよ」

そこで言葉を止めて、僕らの顔を見渡す。僕含めて三人とも思い当たらないようで、八津谷は首を傾げている。夏美は再度笑顔になって、言った。

「それは……衣装です！　文化祭出店中は、公序良俗に反しなければ好きな格好をしていいことになってるんだ。演劇部なんか宣伝も兼ねて毎年それはもうすごいことになってるらしいよ。吹奏学部は全員で統一して、アイドルみたいな素敵な衣装を用意してる。そこで、我が文芸部は……こちら！」

彼女が勢いよく立ち上がり、書斎の入り口の方に両手を突き出した。そこから僕の祖父が現れる。

「本当にこんなものでいいのかい？」

そう言いながら掲げたのは――

「わあ素敵、書生服ですね！」

花部さんが興奮気味の声をあげた。

祖父が持っているのは、いかにも〝大正浪漫〟といった趣《おもむき》の、着物を重ねた襟なしシャツと、袴、黒い学生帽に、昔の探偵が着ているようなケープ付きのコート――確かインバネスコートという名だ――というセットだった。

「わたしのお爺《じい》さんが若い頃に着ていたものらしいけど、きちんと保管されていたし、先日クリーニングにも出したから、綺麗だよ」

「最高だよ、清司さんありがとう！」

夏美の感謝に、祖父は照れるような笑顔を見せた。僕は呆《あき》れながら確認する。

「……じいちゃん、まさか呼ばれるまで、ずっとそれ持って隠れてたの?」

「夏美ちゃんの頼みとあらば、断る理由ないからねえ。みなさんの部活のためと思って行動していると、わたしも学生の頃に戻ったような気分だったよ」

「ちょうど二着あるみたいだから、勇輝と慶介は試着してみて。その間、私と麻友は別の用事があるから、着替え終わったらここで待っててね」

そう言って夏美は、困惑する花部さんの腕を引いて、祖父と共に部屋を出ていった。部屋に二人残された僕らはしばし呆然とした後、顔を見合わせる。八津谷が苦笑して肩をすくめた。

「独裁をするつもりはないとか言ってたけど、部長サマの強権政治は健在だな。ま、せっかくだから着てみようぜ。こんな機会はそうそうないだろうし」

スマホで和服の着方を調べて、四苦八苦しながら着込んでいく。晩夏の今は暑くてしょうがないけれど、秋の文化祭の頃にはちょうどよくなっているだろうか。

「おお、いい感じじゃねえか星乃。なんかマジでその時代にいそうな雰囲気だぞ」

「そ、そうなのかな。自分じゃよく分からないよ……」

書斎には鏡がないので、自分の姿を見ることはできない。変じゃないだろうか。

「な、俺はどうよ。インテリ文化人って感じになったか?」

ポーズを取る八津谷の全身を眺める。身長が高いから、衣装の丈が短く感じる。歴史を感じさせる服装と対比して、日に焼けた黒い肌がやけに浮いて見えた。

「うん。帰化したてで日本の文化に頑張ってなじもうとしてる渡来人みたいだよ」

「あっはは、なんじゃそりゃあ！」

その時書斎の扉が開き、夏美たちが戻ってきた。

「おお、いいじゃん二人とも！　とっても素敵だよ！」

女子二人組は、大正らしい色鮮やかな着物に身を包んでおり、その華やかさに思わず目を奪われる。

「ふふふ、驚いた？　女子はハイカラさん風の着物だよ。清司さんのおばあさんが若い頃に着てたものを大事に取ってあったから、貸してくれるって」

そう言って両手を広げると、彼女はくるりと回った。後頭部に付けられた大きめのリボンが揺れる。

「すごいよねえ、大正時代なんて今から二百――あ、百年くらい昔でしょ？　その頃にこんなかわいいファッションが流行って、そしてその服が今でもこうして残ってるなんて！」

この家も、確か築百年ほどだ。僕の祖父の祖父母……顔も名前も知らない先祖たちがここに住み始めた頃、この服を着ていたのだろうか。そう思うと、百年後の僕たちがこうして当時の服を着て集まっていることが、とても不思議な縁に感じる。

「す、すみません、星乃くん。ちょっとこの本を持ってみてもらえますか」

挙動不審の花部さんが書棚から抜き取った古びた本を渡され、よく分からないまま手に持った。

「え、なに？」

「ふおおおお、書生さん、書生さんが目の前にい……」

「わっ、麻友、鼻血！　着物に付けちゃダメだよ！」

夏美が慌ててティッシュを取り、花部さんの顔に当てる。八津谷は爆笑し、僕はため息をつく。

こんな、騒がしい時間を、人との関わりを、楽しんでいる自分がいる。

僕はこのまま、変わっていけるのだろうか。

勉強したり、部活したり、友達と遊んだり、誰かと恋をしたり。やれなかった沢山のことを僕が代わりにすることが、星になった姉の願いだった。

大切に想える人と出会って、この世界を愛して、人生をめいっぱい楽しむ。それが、星になった母の願いだった。

僕は、この人たちと一緒なら、人生を楽しめる気がする。この世界を、愛していけるような気さえする。

楽しそうに笑う夏美の笑顔をそっと見る。胸が熱く心地よい痛みで満たされる。

君が僕を変えたんだ。君が僕をここまで連れてきてくれたんだ。

僕は、君を、好きでいていいんだろうか。

君を好きだと、言っても、いいんだろうか。

★

文化祭の展示部屋、演出方法、衣装まで決まった。

その後の休日は、展示のための材料を買いに、文芸部の四人で電車に乗って隣町のホームセンターに出かけた。

針金、和紙、紙粘土、半透明の樹脂粘土、綿、ボンド、テグス、ＬＥＤチップ、乾電池、カラースプレーを何色か。それらをカゴに入れて歩く僕を見て、八津谷が首を傾げ、

「……文芸部って、何をする部活だっけ？」

と真剣に訊いてきたのには、思わず吹き出してしまった。

部活時間はこれまで通り、読んだ本について話し合ったり、宿題を消化したり、お

菓子をつまみつつ雑談をしたり。そして解散した後は自分の部屋で、展示のための工作に耽《ふけ》る日々が続いた。

図書館で借りたクジラの図鑑を開き、ブリーチングをするザトウクジラの写真を見ながら、針金でクジラの胴体やヒレの形を作り、その上に和紙を貼っていく。

小さいとつまらないから、部屋を訪れた人の目を奪うような迫力ある大きさにしたい。けれど大きく作りすぎると持ち運びができないから、パーツごとに分割して作って、最終的に図書室で組み立てられるようにする必要がある。色を付ける時は庭に出てスプレーを吹きかけた。

ダンボール板の上に紙粘土を盛って、形状を整え、海の波のようにしていく。海面を割って飛び上がるザトウクジラの、豪快な水しぶきを表現するために、試行錯誤と失敗を何度も重ねた。材料が足りなくなって、一人で再度ホームセンターに行った日もある。

海の色には、暮れかけの群青。グラデーションするようにマリンブルー。そして白波のホワイト。クジラの体色を入れても寒色に偏りがちだったので、あの夏の日の波打ち際で見た、鮮烈な夕焼けのルビーレッドを差し色にして光の道を表現した。この後に作る空の色と矛盾するけれど、あの時にみんなで見た、夕陽に煌めく海面を割ってクジラが跳び上がる光景が目に焼き付いているから、譲れない色だった。

海とクジラができたら、次は空だ。綿を広げて、濃紺と黒でグラデーションするように色を付けていく。綿の中に電池ボックスを仕込んで、銅線を繋いだＬＥＤチップをいくつも飛び出させた。

空には、星を降らせたかった。文芸部のみんなで松陵ヶ丘に登って、見晴らし台に寝転んで見上げた、ペルセウス座流星群。物語の中でも大事な要素にしているあの流れ星を、図書室の一角に再現したかった。

ＬＥＤチップをそのまま発光させるだけでは、ただ光が点として浮かぶだけだ。だから、チップの周りを半透明の樹脂粘土で包んで、細長く伸ばして流星の軌道を作った。試しに電池ボックスのスイッチをオンにすると、ＬＥＤチップの光が樹脂内で分散して、点だった光が線として引き延ばされ、流星の軌道の先端が激しく燃えるように強く輝いた。

「……できた」

思い出したように息を吐き出して、額に浮かんだ汗を拭った。

長かったけれど、過ぎてみればあっという間だったようにも思う。そう感じるのは、きっと僕がこの工作に熱中する日々を、とても楽しんでいたからだろう。

小説を書いている時も、こうして物語の場面を形にしている時も思っていた。自分の手で何かを作り上げるというのは、なんて楽しいんだろう。

例えそれが小さな輝きだとしても、一つの価値が世界に生み出されるというのは、ちっぽけで無意味だと思っていた自分の中に、わずかだけれど確かな、生きる意味のような力が宿るように感じられるんだ。

★

部員全員の作品も無事に完成し、花部さんが原稿をPCで打ち込んでくれた。そのデータを持って学校の印刷室に向かったのは、文化祭まで一週間を切った日の放課後。印刷室には生徒だけでは入れないから、顧問の岩崎先生が同行している。

岩崎先生は五十代くらいの男性教師で、丸い眼鏡の奥で細められた眼が優しく、親しみやすい柔和な雰囲気で生徒からも人気だった。

「いやあ、すみませんね。顧問を引き受けておきながら全然顔を出してなくて。風間さんから活動報告は受けてるから、どんなことをしてるかは知ってるんですけど、とても意欲的に活動しているようで、素晴らしいですよ」

「はい、とっても充実してます！」と元気よく夏美が答えた。

先生は僕の方を向いて言う。

「星乃くんのご自宅を部室代わりに使わせてもらっているようですけど、ご迷惑じゃないですか？」

「あ、いえ……最初は迷惑だったんですけど、もうそれが、日常になってしまったというか」

僕の答えを受けて、先生は声をあげて笑った。

「あっはっは、そうですか。この半年で日常になってしまうくらい繰り返したことというのは、この先大人になっても自分の中にずっと残る、一生の思い出になりますし、精神の礎になります。どうかその記憶を、大切に持ち続けてください」

「……はい」

部活を始めた頃、夏美も同じような話をしていたのを思い出した。そういうものなんだろうか。僕にはまだ分からない。

花部さんが持参したＵＳＢメモリを岩崎先生に渡し、先生がノートＰＣを操作していく。その間に僕たちは印刷用紙をプリンターにセットした。

「じゃあ、一枚目から始めますよ」

先生がそう言ってノートＰＣのキーを押すと、プリンターが動き始める音がした。しばらくすると、Ｂ５の白い紙に文字が印刷されたものが、次々に吐き出されてくる。

「おおー、出てきたぞ！」八津谷がはしゃいで言った。

僕たちが書いた物語が、冊子という形を得て、この世界に生まれ出る。その第一歩だ。複雑な感慨で、胸が震えた。

一枚目の両面印刷が終わると、できあがった紙の束を机に置き、二枚目の印刷が始まる。部長の夏美がチェックと指示役になり、八津谷、花部さん、僕の三人は、印刷済みの紙をひたすら半分に折っていく作業を進めた。二つ折りにした紙を順番に重ねて、最後に真ん中をホチキスで止める、〝中綴《なかと》じ〟と呼ばれる作り方を行う予定だ。

「みんな、地味だけどとっても大事な作業だから、丁寧にやるんだよ！　仕上がりで天地がガタガタだとかっこ悪いからね！」

「なんで俺だけを見て言うんだよ。俺らの記念すべき第一号の部誌なんだから、真剣にやるに決まってんだろ。ってか、仕上がりを気にするんなら、お前も作業したらどうなんだよ」

八津谷の指摘に、夏美は右手で後頭部を掻いた。

「いやー、手伝いたいのはヤマヤマなんだけど、私こう見えて不器用でさぁ。失敗してみんなに迷惑かける未来しか見えないから、こうして泣く泣く身を引いてるってわけなの」

「ふうん、泣く泣く言うわりには楽しそうな顔じゃねえか」

「そりゃあ楽しいよ！　みんなで作った物語が、こうしてみんなの手で、やっと冊子の形になるんだもんね！」

そう言って彼女は右手でガッツポーズを作った。夏美の行動にふと微かな違和感を抱いたけれど、その正体について考える暇もなく、次々に紙が刷り上がっていく。今は手を動かすのが最優先だ。

「印刷したての紙って、熱いんですね。あたし、初めて知りました」

丁寧に折り目を付けながら、花部さんが言った。岩崎先生が大きくうなずく。

「そう、そうなんですよ。レーザープリンターは高熱で紙にトナーを定着させる仕組みですからね。最近はようやく涼しくなってきたのでまだいいんですが、この部屋はクーラーもないから、夏場なんて地獄ですよ。教師の大変さを少しでも理解していただけたなら幸いです」

確かに、プリンターが排熱しているせいもあるのか、この部屋は暑い。着ていた制服のブレザーを脱ぎ、長袖シャツを肘まで捲り上げた。八津谷も花部さんも袖を捲って作業している中、印刷結果のチェックをしている夏美だけは、額に汗を浮かべているけど長袖のままだ。

思い起こせば、夏休み明けに夏美は、左腕を怪我したと言って包帯を巻いていた。その日は半袖の制服だったけれど、その数日後から、まだ暑さがしぶとく続く残暑の中でも、彼女はずっと長袖を着ていた。八津谷や花部さんに理由を訊かれて、冷え性だとか、日焼け対策だとか答えていたけれど、それは本当なんだろうか。もしかして、左腕の怪我で傷跡が残っていて、それを隠そうとしている、とか。

「……夏美、暑くない？」

「うん、平気だよ。勇輝は優しいね」

笑顔を向けられ、心臓が優しく握られるように痛んだ。思わず視線を逸らしてしまう。

「てかお前ら、いつの間にか下の名前で呼び合ってるよな。付き合ってんのか？」

八津谷の唐突な爆弾発言に、体感温度が一気に上がった。

「ち、違――」

「あはは、そういうのじゃないよ。ねえ、勇輝」

「あ、ああ、うん……」

どうして僕は、悲しくなっているんだ。付き合っているわけでも、想いを伝えたわけでもない。それなのに、夏美に冷静に否定されて、たったそれだけのことで、こんなにも悲しくなるのは、どうして。

「青春ですねえ」と岩崎先生が目を細めて呑気《のんき》な声で言う。「私みたいなおじさんには、あなたたちが眩《まぶ》しくて仕方ないのです。若い時には、つらいことも苦しいことも沢山あって、足を止めてしまいたくなる時もあると思いますが、時が過ぎ去ってしまえば、全ては思い出に変わっていきます。私が保証します。だから、恐れずに、ゆっくりと、一歩ずつ、前に進んでいってほしいです」

「センセー、今そういう話してんじゃねぇんですけど？」

「あっはっは、それは失礼しました。八津谷くんは厳しいですねえ」

その後は会話が途切れ、僕らは黙々と作業を進めた。紙を折っていると、そこに印刷されたみんなの作品を読みたくなる衝動に駆られるけど、中綴じの製本段階では中央の一ページ以外は左右で内容がちぐはぐになるから、読むことはできない。今はとにかく、冊子の完成を目指すだけだ。

本文のページが刷り終わった後は、パステルブルーの紙に、表紙のデザインを印刷する。イラストと部誌タイトルは八津谷が担当を名乗り出ていたが、恥ずかしいのかもったいぶってなのか、印刷当日まで見せないと言っていた。

「ふふん、俺の超自信作を見てビビるがいいぜ」

そう言って彼が取り出した紙を見て、全員が感嘆の声を上げた。

毛筆による力強いタッチで、『文芸部部誌〈風花星谷〉第一号』と書かれていて、その下には、これも筆と墨で描いたのか、ザトウクジラが荒々しくも雄大に海を割って、紙面いっぱいに飛翔していた。

「えっ、すごいです！　これ、八津谷くんが？」

「慶介すっごいよ！　プロみたい！」

「ふうむ、お見事ですねぇ」

全員に絶賛され、照れた時のクセなのか頭をガシガシと掻きながら、八津谷が言う。

「いや俺さ、文化祭展示の案出しでは何も言えなかったから、俺も何か役立ちてぇなって思ってたんだけど、表紙デザインの話になった時にこれだってピンときたんよ。じいちゃんが水墨画やってて、昔叩き込まれたからさ。そん時は嫌で嫌でしょうがなくてよ、早く野球やりてぇって思ってたんだけど、こうして役に立ったんなら、天国のじいちゃんにお礼言わねぇとな、ハハハ」

白い歯を見せて笑う八津谷は、日焼けしていて分かりにくいけれど、頬が少し赤くなっているように見えた。褒められ慣れてないのかもしれない。

「星乃の小説にザトウクジラが出るって聞いてたからさ、久々に筆と墨を引っ張り出して描いてみたんだ。あ、ちなみにこの部誌名は〈ふうかせいこく〉って読むんだぜ。分かるか？　俺ら創部メンバー四人の苗字から一字ずつ取ってんだよ。結構いいだろ」

花部さんが一字ずつ指さしながら確認する。

「風間、花部、星乃、八津谷……本当だ。一字取って並べるとこんなに素敵な言葉になるんですね、あたしたち」

「なるほど。風に花は舞い、星は渓谷に降る……。文芸部らしい風流を兼ね備えていますね」と岩崎先生。

「部長の私の名前が先頭にあるのも含めて、最っ高だよ慶介！」

夏美が興奮気味にそう言った。僕も素直にそれに続く。

「うん、すごくいいよ。正直びっくりした。僕の小説を表紙絵の題材にしてくれてありがとう、八津谷」

「へへへ、やめろよみんな、照れるぜ！」

八津谷の力作をスキャナで取り込んで、奥付データも追加して、表紙用の紙に印刷していった。その紙も慎重に半分に折って、これまで重ねてきた本文に被せ、大型のステープラーで中央を留めて――

「私たちの、初めての部誌が……完成だよ！」

夏美が右手で持った冊子を高々と掲げて、周りが拍手する。みんなが達成感に浸って興奮しているのが分かるし、僕もそうだった。

「な、な、さっそく読もうぜ！　もう読んでいいんだろ？」

八津谷の言葉を皮切りに、全員が待ちきれなかったように完成した冊子を手に持ってページを開いた。でもすぐに岩崎先生に中断される。

「気持ちは分かりますが、印刷室の次の利用予定があるので、撤収しましょう。冊子は図書準備室に保管しておきますので、みなさん手分けして運んでください。読み耽るのは、自分の分を一部持ち帰ってからでもいいでしょう？」

「ちぇっ、しゃあねーな」と言って、八津谷は手に持っていた冊子を山に戻した。

できあがった三百部の冊子をダンボール箱に詰めた後、夏美は別の仕事があるとかでいなくなったので、僕と八津谷で何往復かして図書準備室まで運んでいく。花部さんは恐縮していたけど、重い荷物を持たせるのも悪いから、先に帰ってもらった。

全部運び終わる頃には息も絶え絶えで、腕の筋肉が言うことを聞かなくなっていた。

「ハハハ、情けねえなあ副部長」

と、図書室の床に座り込む僕を見て、八津谷が笑った。乱れた息を整えつつ、僕は答える。

「はあ、はあ……僕は君と違って、運動なんて体育の授業くらいだから」

「何をするにも体力は大事だぜ？　今度から俺と朝のジョギングすっか？」

「……考えておくよ」

「にしても風間は妙だったな。こういう時は最後まで残るようなタイプだけど」

「まあ、部長には色々雑務があるんじゃない」

「そんなもんかね」

八津谷は積んだ箱の山から部誌を抜き取って、僕に差し出した。彼も一部を手に持っている。

「じゃあ……帰って読むか！　正直ずっとワクワクしてんだわ。待ちきれねえ」

「うん、分かるよ」

彼の手から冊子を受け取ると、手首を掴まれてぐいと引かれ、立ち上がった。窓の外はもう、秋の夜が広がっていた。


夕食の後、ベッドに寝転んで冊子を開く。

自分の作品は原稿用紙でもう何度も読み返したから面白くはないけれど、やはりこうして活字になって、本の形で手にするというのは新鮮な感動がある。

八津谷の物語は、聞いていた通り野球を題材にして、瑞々しい恋愛要素を添えたものだった。経験者だからこそ書ける臨場感のある描写で、読んでいると自分が真夏の甲子園のマウンドに立っているような気分になる。

花部さんの青春落語モノは、落語部に入った女子高生が奔走する物語。伝統的な落語のネタをちりばめつつ、現代の風刺やブラックユーモアが織り込まれていて、読んでいて笑ってしまった。本を読んで声を上げて笑うなんて、初めての経験だ。

事前情報がなかった夏美のページは、意外にもSFミステリだった。今から百年ほど未来の日本が舞台で、密室殺人に立ち向かう探偵の話に引き込まれた。未来の世界の描写が妙にリアルで、百年後にはこんな技術があるのかと感心した後、そうかこれはフィクションだったと思い返して自嘲《じちょう》した。

読み終えて、満足感と共にゆっくり息を吐き出した。どの作品も面白く個性的で、自分には書けないものだ。メンバーごとのまとまりはないけれど、それぞれの作品は商業で出版されている短編集にも引けを取らないと感じるのは、思い上がりだろうか。ともかく、部誌第一号としては文句のないクオリティだと思う。あとは、どれだけの人が、この冊子を手にしてくれるか、だ。

★

そして、文化祭当日がやってきた。

一般客への開門は十時からで、生徒は朝六時から登校して準備をしていいことになっている。僕は展示の組み立てもあるので、大きな荷物を持って六時に学校へ向かった。

「お、星乃も来たか」

「おはようございます、星乃くん」

図書室の扉を開けると、八津谷と花部さんが制服姿で既に準備を進めていた。

「おはよう、二人とも早いね」

「部長も来てるぜ？　お前が一番最後だ」

ちょうどその時図書準備室の扉が開き、文芸部衣装として用意した大正時代の着物を纏った夏美が出てきた。

「おはよ、勇輝！」と、いつもの元気な笑みで言う。

「おはよ……って、もう衣装着てるの？　早くない？」

着物は動きにくいので、展示の設置が終わってから、女子、男子の順で図書準備室を更衣室代わりにして着付けする予定だった。

「えへへ、家から着てきた方が気分上がると思って。私の展示はもう終わってるから大丈夫だよ」

見ると確かに、夏美の担当である入り口から一番遠い位置の角は、もう展示が済んでいるようだった。物語の舞台である百年後の未来の街が、電飾付きでジオラマのように表現されて、その中央には『ご自由にお取りください』と書かれたカードと並んで部誌が平積みされている。

八津谷が作業の手を止めて言った。

「それにしても風間がSFミステリとか、ちょっと意外だったよな。なんかもっとキラキラしたもん書いてくると勝手に思ってたわ。感動系とか」

「ふっふっふ、私の本当の物語は部誌のページに収まりきらないのさ。そのうちみんながわんわん泣いちゃうような感動の文章を読ませてあげるよ」

「お、言ったな？　俺はちょっとやそっとじゃ泣かねえぜ？　楽しみにしとくわ」

「首を長くして待っててね！　あ、あとね勇輝、ほらこれ、見てよ！」

夏美は右手に持っていた一枚の板を掲げた。一メートルほどの幅のダンボール板の上に、原稿用紙を拡大したようなデザインの紙が貼りつけられていて、そこに流麗な筆文字で『休憩室　＆　文芸部展示　お気軽にどうぞ』と書かれている。

「麻友が言ってた『原稿用紙デザインを使いたい』ってのを岩崎先生に伝えたら、用意してくれたんだ。文字は慶介が書いてくれたよ」

「おう、いい出来だろ？　書道部からスカウトされちまうかもなあ」

花部さんもそばに来て興奮気味に言う。

「あたしもさっき見ましたけど、おっきい原稿用紙がとってもかわいいですよね。文芸部っぽさも出てます！」

「慶介、後で入り口に飾ってもらっていいかな」

「オッケー」

みんなが自分の作業に戻るのを見て、僕も準備を始める。

この図書室は、部屋の半分から奥側に本棚が並んでいて、手前側にテーブルとイスが設置されている。テーブルエリアが文化祭中の休憩スペースになり、その四隅を文芸部が使うことになっていた。入り口から見て右奥が八津谷、左奥が夏美、左手前が花部さんで、入り口から入ってすぐの右側手前のエリア、つまり来場者の視界に最初に入る場所が、僕の担当になっている。

　まずは、事前に借りておいた脚立に乗って、流星群を仕込んだ夜空の綿を天井からテグスで吊《つ》るした。文化祭開催期間の二日間LEDライトを点けっぱなしでも問題ないように電池を設置してある。

　次に、海を表現したダンボール板をテーブルの上に乗せて、ずれたり落ちたりしないように両面テープで固定。

　そして、分解して運んできたザトウクジラのパーツを組み合わせていく。幸い移動中にも破損はなく、イメージ通りに組み上がった。これもまた天井から伸ばしたテグスで、海を割って悠然と飛び上がる姿になるように空中に固定する。最後に海の周りに、手に取りやすいように部誌を並べた。

「おお、すっげ、気合入ってんなあ星乃！　マジで美術部かよって感じだ！」

　様子を見に来た八津谷が言った。夏美と花部さんもそれに続く。

「うんうん、すごいよ。今回の部誌の表紙にもなってるから、この展示も含めて目玉作品だよね。だからこの位置を勇輝にお願いしたんだし、休憩室目当てで来たお客さんの視線をがっつり集められると思うよ」

「あたし、星乃くんの原稿をPCに打ち込んでる時、泣いちゃったんですよ……。これを見たら、思い出してまた泣けてきちゃいました」

「えっと、その……ありがとう」

素直に褒められると、なんて言っていいか分からなくなる。八津谷が頭をガシガシとやる時は、こんな気分だったのだろうか。


八津谷担当のエリアではテーブルの上に小さな野球場が再現されていて、中央に冊子が積まれており、そのそばにはグローブとボールが、どこか物悲しげに置かれている。使い込まれた物に見えるから、彼が愛用してきたものだろうか。

スコアボードも用意されていて、物語の中でもクライマックスとなるシーンの得点が書かれていた。隣にはテーブルゲームの野球盤も置かれていて、休憩に来た人が遊べるようになっている。これは野球好きな人の興味を引くだろう。

花部さんのエリアは、落語の寄席を表現するように飾られていた。演者の名前などが書かれるあの縦長の紙、たしか〝めくり〟と言うんだったか、そのミニチュアに、部誌のタイトル〈風花星谷〉が書かれている。

高座の上には小さめの座布団が置かれ、そこに座っているみたいに部誌が立てかけられており、まるでこれから冊子が落語を語り始めるかのような、コミカルな可笑しさがある。

花部さん、八津谷、僕の三人も衣装に着替え終わると、夏美は部屋の中央でぐるりと四方を見渡してから、満足げな表情で言う。

「うん、準備は完璧だね。みんなそれぞれ個性的で、目を引く展示になってて、最高の出来だよ。あとは開場してお客さんが来るのを待つだけ！　ドキドキするね！」

僕らは顔を見合わせ、力強くうなずいた。


その後、クラスの出し物の準備に向かった。着物を着た僕たち四人が教室に入ると、クラスメイトが騒がしく押し寄せて、あっという間に取り囲まれた。夏美が文芸部の衣装であることを説明し、ついでにちゃっかりと宣伝もしていた。

僕たちのクラスは、教室内で縁日風の屋台をやることになっている。駄菓子、お面、綿あめや、型抜きに、射的。子供用のビニールプールに水を張って、スーパーボールすくいもある。

屋台っぽい雰囲気を出すための枠組みを設置していると、クラスの女子に声をかけられた。

「星乃くん、書生さん衣装めっちゃ似合うね！　文芸部の展示絶対行くよ」

「後で一緒に写真撮ろうねー」

「あ、うん……」

これまで一度も話したことがなく、名前も知らない相手だったけれど、相手は僕の存在や名前を知っているということに、少し驚いた。僕が周りに無関心すぎるだけで、みんな案外クラスメイトというものを認識しているものなのだろうか。(後でこの話を八津谷にしたら、爆笑された……)

クラスの店番担当は順番制なので、文芸部員全員が図書室にいないということはなさそうだった。やがて教室内の屋台の設置も終わり、校内放送で一般客への開門が始まることがアナウンスされた。

文芸部一同は図書室に移動し、来客を待つ。八津谷も花部さんも夏美も、みんなそわそわとして落ち着かない。僕もそれは同じで、机の間を往復したり、意味もなく冊子を積み直したり、何度も深呼吸を繰り返したりしている。

こんなに緊張するのは、きっと、自分がとても頑張ったからだ。

部のみんなと何度も話し合って、何日も悩みながら展開や言葉をひねり出して、物語を創った。部誌を手に取ってもらうために、試行錯誤して演出もこだわった。

だから、こんなにも成功を願っていて、こんなにも、怖いんだ。

もし、この文芸部に入る前の僕のまま、文化祭なんてどうでもいいと投げやりな自分だったら、クラスの手伝いもそこそこに、ひとけのない場所を探して終わりの時間まで本を読んで過ごしていたかもしれない。もしかしたら、頑張っている人たちを見て、バカバカしいと鼻で笑っていたかもしれない。

そんな、あったかもしれないもう一人の自分を思うと、その仄暗い孤独にぞっとした。

この部活に入ってよかったと思うし、強引にでも巻き込んでくれた夏美に、感謝の気持ちが湧き起こる。

彼女の様子をちらりと窺うと、窓の外をぼんやりと眺める横顔が見えた。その表情は、なぜかどこか、寂しそうに感じた。

少しして図書室の外から賑やかな話し声が近付き、先ほどクラスの準備中に僕に声をかけたクラスメイトの女子たちが四人のグループで入ってきた。

「うわっ、何これ、すご！　クジラ!?」

「えー、アートってやつ？　あ、上見て、流れ星じゃん、カワイイ！」

展示を見てはしゃぐ女子たちの中から、一人が僕の方に歩み寄って言う。

「や、星乃くん、約束通り来たよー」

「い、いらっしゃいませ」

「あははは、星乃くんその格好でいらっしゃいませとか言うとマジで書生カフェみたいじゃん。ってかこれキミが作ったの？　すごくない？　あ、これが文芸部の冊子だね。もらっていいの？」

「もちろん、どうぞ」

「やったー、絶対読むね。アタシこれでも本とか読む方でさぁ」

冊子を手にして笑う彼女を、別の女子が小突いた。

「あんたが読むのファッション誌くらいじゃん。星乃くん狙いが露骨すぎてウケるんだけど」

「言うなしー！　てか写真撮ろうよー」

取り囲まれて何枚も写真を撮られた。勝手に腕を組んできた時は驚いた。人との距離感がおかしいんじゃないだろうか。

気になって夏美の方を見ると、目が合って、ふいと視線を逸らされた。どこか悲しそうな表情をしているように見えたのは、気のせいだろうか。

その後四人組は、八津谷、夏美、花部さんの順に展示を見て、それぞれいくつか言葉を交わして、最後に僕に手を振って図書室を出ていった。クラスメイトと話をしている時の夏美は、普段の快活な様子に戻っていた。

やれやれといった具合に八津谷が腰に手を当てて言う。

「最初の客はクラスの女子かよ。まあそんなもんか」

「あ、あたし、話したことないグループだったから、緊張しちゃいました。でも、衣装や展示を見てかわいいって言ってくれて、嬉しかった……」

花部さんは少し興奮しているのか、頬が赤くなっていた。八津谷が続ける。

「ま、騒がしかったけど、ほどよく肩の力は抜けたよな。それより星乃、目ぇつけられてる感じだったじゃねえか。こりゃあ文化祭マジックでカップル誕生か？」

「やめてよ、僕はあの人たちの名前も知らないってのに」

「そうだったな、あははは！」

そんな会話をしていると、次のお客さんが入ってきた。小学生くらいの小さな女の子を連れた若い夫婦だ。女の子は八津谷の置いた野球盤を見つけると飛びついて、彼からやり方を聞きながら二人で遊び始めた。夫婦は部屋を一周して展示をじっくり見た後、僕の展示エリアに戻ってきた。

「ここで読んでいってもいいんですか？」

男性にそう訊かれ、慌てて答える。

「あっ、はい、もちろんです」

夫婦は椅子に座り、それぞれ冊子を手に取ってページを開いた。プレッシャーにならないように離れて、そっと見守る。

僕たちが書いたものを、目の前でお客さんが読んでくれている。以前僕の部屋で夏美が初めて読んだ時と同じような、いや、それ以上の緊張と不安が、心を占めていく。

夫婦はページを進めながら、目元を拭ったり、真剣な顔をしたり、クスクスと笑ったりしながら、最後まで読んでくれた。

そして立ち上がって、穏やかな微笑みで僕に言う。

「とてもいい部誌でした。どれも面白かったです」

「あ、ありがとうございます！」

「私たち、この高校の卒業生なんです。妻とはクラスメイトで、二人とも読書が好きで、在学中は文芸部がないのを残念がってたんですけど、今日文化祭のパンフレットを見たら文芸部ができてるのを知って、最初に見に来たんですよ」

「そうなんですね……」

その時、野球盤の勝負がついたのか、女の子が嬉しそうに叫んだ。八津谷が大げさに悔しがる声もする。女の子は走って母親に飛びついた。

「お母さん、わたしプロに勝ったよ！」

「あらそう、すごいね。すみません、遊んでもらって。おかげで集中して読めました。ありがとうございます」

「いえいえ、最高に熱い勝負でしたよ。嬢ちゃん、またいつかやろうな！」

「うん！」

八津谷と女の子はサムズアップを掲げ合い、家族は笑顔で図書室を出ていった。僕は緊張と疲れで深く息を吐く。

「はあ……お客さん、僕が部長だと勘違いしてないかな。こういうの慣れないから、夏美がここに立っててくれない？」

　僕の言葉に、夏美は優しく笑って首を横に振った。

「ううん。勇輝には色んな人と関わってほしいから、やっぱりその位置は勇輝じゃないとダメだよ」

「なんでだよ。こういうの君の方が好きだろうし、得意だろ」

「私ね──」

　何か言いかけた彼女の言葉は、新しくお客さんが入ってきたことで途切れた。


　その後、少しずつ人の入りは増えていった。見込み通り、文化祭を回って疲れた人が休憩を目的にやってきて、展示に驚いて冊子に興味を持ち、腰を下ろして休みながら読んでくれる人が多い。

　文芸部の衣装も好評で、部員四人を集めて一緒に写真を撮りたがる人が何人かいた。知らない人に写真を撮られるのは、あまり好きじゃないんだけど……。

　クラスのお祭り屋台の店番担当は、僕と夏美、花部さんと八津谷がそれぞれペアで予定されていた。店番を終えた後は自由時間になり、夏美と二人で文化祭を見て回ることになった。

演劇部は公演予定の看板を持ちながら怪獣やロボットなどの気合の入った着ぐるみで随所を闊歩《かっぽ》しており、宣伝効果はすごそうだ。吹奏楽部の衣装も華々しいデザインで統一されていて、どこにいても目を引く。文化系の部活がこのイベントにとても力を入れているのが分かる。

「ね、これって文化祭デートってやつなのかな」

夏美にそう言われ、飲んでいたコーヒーが気管に入ってしばらく咳き込んだ。

「な、なんだよ、突然」

「二人とも大正ロマンな衣装だし、こうして並んで歩いてると、カップルだって思う人いそうだよね。手でも、繋いでみる？」

どうしてそんなことを言うんだ。前は、「付き合ってるのか？」と訊いた八津谷に、そういうのじゃないと答えていたのに。

彼女の顔を見ると、からかって遊んでいるわけではないのは分かった。どちらかと言えば真剣な、静かな寂しさを纏った表情をしている。ここ最近の彼女は、どこか様子がおかしい。

「……ねえ、何かあったの？　もし悩んでることがあるなら、一人で抱えずに……僕に、話してほしい」

夏美は少し驚いたように目を見開いて、そして、ふわりと笑った。

「やっぱり、勇輝は優しいね……。ううん、私は大丈夫だよ。文化祭、最後まで頑張って、いっぱい楽しもうね。この先ずっと、忘れないくらいに」

「……うん」

大丈夫だと言われると、それ以上踏み込めなくなる。踏み込むことを優しく拒まれているようにも思えて。

二年の教室で売っているクレープを食べたいと夏美が言うので、二人でそこに向かう。廊下の右手側の窓からはグラウンドが見えて、科学部が派手な実験ショーをして黄色い煙が立ち昇っていた。左側には教室が並んで、中から騒がしい声が聞こえる。

賑やかな校舎の中をしばらく歩いていると、夏美が急に足を止め、独り言のように言った。

「あ、そうか、この後……」

僕も立ち止まり、振り向いて彼女に訊く。

「何かあった？」

「えっと、やっぱりあっちに行くのはやめて、外の出店を見てみない？」

「え？　クレープを買いたいって言ったのは夏美じゃないか」

「そ、そうなんだけど、気が変わったっていうか。ほら、早く！」

笑顔を浮かべてはいるけれど、どこか焦っているような雰囲気も感じる。

「ええ、せっかくここまで来たのに……。すぐそこなんだから、行こうよ」

「詳しい場所は分からないけど、ここにいちゃダメなんだよ」

「どういうことなの？」

もどかしさからか、夏美は今にも泣き出しそうな顔をする。その時、すぐ横の教室から悲鳴のような声が聞こえた。反射的にその方向を向く。

透明な窓ガラスの向こうでは、クラスの出し物なのかプロレスのリングのようなものが設置されていて、そこから投げられた椅子が目の前の窓ガラスに激突する瞬間だった。激しい音を立ててガラスが砕け、破片が飛び散る。教室内の生徒たちが驚愕と恐怖の入り混じる表情でこちらを凝視しているのが、スローモーションのように見えた。

一つの大きなガラスの破片が、ナイフのように鋭利な先端をこちらに向けて、僕の顔を目掛けて飛んでくる。手で防ぐ？　いや、逃げる？　咄嗟《とっさ》のことに体が反応できない。激痛を覚悟して、本能的に瞼が閉じる。

「勇輝！」

叫ぶような夏美の声が聞こえた。そしてすぐ、固い物同士がぶつかり合う時の鈍い音がした。

痛みは、ない。目を開けると、夏美が着ている着物の袖が眼前にあった。

「……夏美？」

　夏美は、糸が切れたようにすとんとしゃがみ込む。彼女の左肘の辺りに、先ほど飛来してきたガラス片が突き刺さっているのが見え、胸の内側がぎゅっと縮こまって体温が急速に下がるのを感じた。

「夏美！」

「勇輝、怪我はない？」と、しゃがんだまま、彼女が訊いた。

「僕は大丈夫だ。それより、君の腕に！」

「ああ……着物、ちょっと穴開いちゃったかな。清司さんに謝らないと」

「そんなのはいいんだ！　早く保健室に行こう！　いや、すぐに救急車か？」

「私なら、大丈夫だよ。びっくりしたのと、ほっとして、ちょっと腰が抜けちゃっただけ。ほら、腕はなんともないよ。着物の生地って丈夫なんだね、すごいね」

　彼女はそう言いながら右手でガラス片を摘まみ、足元に置いた。確かにそこには血が付着しているようなこともなかった。

「そんなことってあるの……？　本当に大丈夫？」

「えへへ、大丈夫だって。心配してくれてありがと」

　教室から生徒たちが出てきて、レスラーの格好をした屈強そうな生徒が夏美に向け土下座をした。リーダー的な男子生徒が周りに指示して散らばったガラス片を片付けさせ、そして彼も夏美に謝罪し、腕の具合を訊く。いくつかのやり取りの後、夏美の声のトーンが上がった。

「ホントになんともないですから！」

「でも、傷になっているかもしれない。そしたら責任者としてちゃんと償わないといけないから、確認させてもらうよ」

彼が夏美の袖に触れようとした時——

「やめて！」

悲鳴にも似た声で夏美がそう言い、人だかりを掻き分けるようにして僕のもとに駆け寄ると、右手で僕の左手を掴んだ。

「行こ、勇輝」

強い力で手を引かれ、駆け出した彼女に引っ張られるように僕も走った。

しばらく走って廊下を曲がり、階段を駆け下りた所で彼女は足を止め、二人で息を整える。

「夏美……」

「私のことなら、全然平気だから」

彼女はうつむいていて、髪で隠れて表情が見えない。静かな声で、懇願するように、夏美は言った。

「怪我もしてないし、傷にもなってない。だからもう、このことには触れないで。心配させたくないから、麻友や慶介にも言わないでね」

「……分かったよ」

また、踏み込めない。

いつも夏美は、人の心に強引に近付いてくるのに、彼女の心の周りには、触れてはいけない境界線が引かれているような気がする。それは、少し、寂しく感じる。

ようやく呼吸が落ち着いたのか、夏美が顔を上げる。走ったせいか頬が紅潮し、少し泣いた後みたいに瞳が濡れていた。困ったように眉を下げて微笑み、僕に言う。

「せっかく、勇輝と二人で文化祭デートだって思ってたのに、そろそろ図書室に戻らないといけない時間になっちゃうね。……でも、思ってたのとは違うけど、手を繋いで校内を移動できたし、最後にいい思い出になったかな、あはは……」

笑ってはいるけれど、どこか悲しそうでもある。胸が痛く、熱くなって、突き動かされるように左手を伸ばして彼女の右手を掴む。夏美が驚いたように僕を見た。

「行こうよ、今からでも。少しくらい遅れたって、きっと八津谷たちは怒らないよ。どこに行きたい？　行きたい所、全部行こう」

僕の中で熱く燃えるこの感情が、恋という名を持っていることは、もうとっくに気付いている。けれど、その想いを口にすることなんて、怖くてとてもできなかった。

でも今は、伝えることで夏美が笑ってくれるなら、伝えたいと思う。気持ちが伝わる恐怖を飛び越えて、言葉が溢れてくる。

「最後なんかじゃないよ。文化祭は明日もあるし、来年も、その次の年もある。体育祭とか修学旅行とか、文化祭以外のイベントだってこの先沢山ある。冬休みも春休みも夏休みも、またみんなで色々出かけようよ。だから、思い出なんてこれからも、いくらでも作れる」

少し前の僕は、人との繋がりを失う痛みを恐れて、壁を作って、鎧を纏って、全てを拒絶していた。でも今は、君ともっと繋がっていたいと感じる。

僕なんかと文化祭デートをしたいと思ってくれるのなら実現したいし、行きたい場所があるなら連れていってあげたい。美味しいクレープを食べて幸せそうに笑う顔を近くで見ていたいし、思い出がほしいのなら、両手で持ちきれないくらいに作ってあげたい。そう、強く思う。

それなのに、夏美は、泣きそうな顔をした。

そして溢れそうになる涙を隠すようにうつむいて、静かに言う。

「……やっぱり、ダメだよ。ごめんね。でも、そう言ってくれて、嬉しいよ、ありがとう。……図書室、戻ろっか」

力を失った僕の手を優しくほどいて、彼女は歩き出す。

心にヒビが入ったような気分だった。

僕のこの想いは、やはり封じ込めて呑み込むべきなのだろうか。好きだという、決定的に関係が変わってしまう言葉を、使わなくてよかった。

そして同時に、遠ざかっていく夏美の背中を見ながら、どうしても考えてしまう。

僕は気付いてしまった。以前夏美の行動に対して感じた違和感を。

冊子の印刷をした頃から、彼女は日常生活において、一切左手を使っていない。

そしてさっき、ガラス片から左腕で庇ってくれたこと。固いもの同士がぶつかるような音がして、傷にもなっていないということ。そしてついさっきの、「最後にいい思い出になった」という発言。まるでもう、未来がないみたいな言い方じゃないか。

目眩がする。心が黒く重く沈んでいく。まさか、そんな、どうして。

いや、まだ分からない。直接聞いたわけじゃない。だって、十万分の一だぞ。あり得ない。認めない。そんなこと、認めてたまるか。

大きく深呼吸をして不安を拭い、一人で歩いていく彼女を追いかけた。

それから夏美とまともに話せないまま時間は慌ただしく過ぎ、文化祭一日目が終わっていった。

文化祭二日目、夏美が心配で気が気ではなかったけれど、登校すると図書室に彼女の姿を見つけ、ひとまずほっとする。彼女の着物の左肘は、穴の開いた箇所を隠すように縫い直されていた。

二日目も盛況は変わらず、沢山余るだろうと見込んでいた三百部の部誌も、夕方には全てなくなってしまった。

「こうなるともうなんの部活だか分かんねえな。看板を〈立体アート部〉に書き換えるか？」と八津谷が冗談交じりに言う。

「あ、見てください、これ！」

花部さんがスマホの画面を僕たちに向けた。ＳＮＳのアプリ画面に、僕らの展示や部誌の写真がいくつも載っている。

『うちの高校の文芸部、クオリティ高くてびびった』

『今文化祭中なんだけど、うちに文芸部あるの知らんかったわ。タダで冊子もらってきた。表紙かっこいいな』

『文芸部の冊子、泣けるしハラハラするし笑えるし、普通に面白くて草』

『書生さん衣装かわいいー図書室要チェックだよ私も入部しようかなー』

部員四人の集合写真まで載っている。さすがに顔はスタンプで隠されているけれど。

「なんだこりゃあ、こんなことになってたのか」と八津谷が驚く。

「どうりでお客さんが多いと思いました。ＳＮＳで口コミが広がってたんですね」

「これならアンケートの結果も期待持てるんじゃねえか？　部費ボーナス出たら来年の夏休みは温泉旅館で合宿やろうぜ。なあ、風間！」

八津谷に声をかけられた夏美は、驚いたように体をびくんと震わせた。

「……あ、うん、そうだね。みんなが頑張ったからだよ」

「なんだよ、話聞いてなかったのか？」

夏美の様子のおかしさに、八津谷と花部さんが顔を見合わせる。花部さんが心配そうに訊いた。

「夏美ちゃん、なんだか調子悪そうですけど、どこかつらいんですか？」

「うーん、張り切ってちょっと疲れちゃったのかな、あはは。ごめん、ちょっと保健室で休んでくるね」

そう言うと扉に向かい歩き出した。昨日のことがどうしても気になり、僕は声をかける。

「夏美、付き添おうか……？」

「ううん、平気。勇輝はここでしっかり、お客さんに文芸部をアピールしてて」

振り返りもせずにそう言って、部屋を出ていく。

彼女は、無理をしている。それくらい、いくら人付き合いに疎い僕でも分かる。でも、本当に具合が悪いのなら、僕がそばにいたところでなんの役に立つだろうか。

保健室には専門家の養護教諭がいる。適切な処置をしてくれる。だから、大丈夫だ。少し休んだら元気になって、太陽みたいな笑顔と、呆れるくらいの行動力で、また文芸部を、……僕を、色んな所に引っ張り回してくれる。

何度も自分にそう言い聞かせて、無力な自分を覆い尽くそうとする冷たい不安を、なんとか振り払う。


やがて一般客への開放時間は終わり、閉会式が始まった。

全校生徒が体育館に集まり、文化祭実行委員会による挨拶と、アンケートの集計結果の発表が行われた。

結果は、一位が吹奏楽部。二位が演劇部。三位が軽音部。ステージで発表をする部活が上位三位を占めた。発表のたびに、絶叫のような歓声と悲嘆の声が入り混じる。

グラウンドで派手な実験ショーをしていた科学部が四位。そして、文芸部は、五位だった。その後の順位は、もう聞いていていない。

夏美はまだ、姿を見せていなかった。

八津谷が肩を落として言う。

「まあ、期待してなかったって言えば嘘だけどさ……四人しかいない弱小部にしちゃあ、いい結果じゃねえの?」

「そ、そうですよね、あたしたちすごい頑張って、いいものを作れましたし、お客さんの評価もよかったですよね」

花部さんの前向きな言葉に、八津谷も大きくうなずく。

「おう、次はもっと部員も増やして、部誌も展示も充実させて、そんで一位をもぎ取ってやろうぜ！　っしゃ、燃えてきた！」

「はい！　星乃くんの作品も好意的な感想が集まってますよ。ファンがついちゃうかもしれませんね。次も素敵な作品を書いてくださいね、星乃先生。なんちゃって、えへへ」

「……ああ、うん、そうだね」

そっけない応対しかできない僕を、花部さんは不思議そうに見つめた。

無謀な願いだったとしても、一位を取ったよと伝えに行って驚かせたかった。夏美を、笑顔にしたかった。

――会いに行く理由が、ほしかった。

そこまで考えて、僕は改めて思い知らされる。

ああ、僕はやっぱり、どうしようもなく、君が好きなんだ。

今すぐ会いたい。君のそばにいたい。笑っている顔が見たい。

僕の前からいなくならないでほしい。ずっと一緒にいてほしい。

抑えることなんてできない。なかったことになんてもうできない。

物語の中に封じ込めても収まらないくらいの強い想いが、僕の中で止めどなく溢れ続けている。


壇上の陽気な実行委員が、マイク越しに捲し立てる。

「文化祭はこれにて終了、解散となりますが、この後はグラウンドで自由参加のキャンプファイヤーがあります！　でもみんなもう疲れたよな。連日の準備でクタクタだし寝不足だよな。うん、帰ってもいい。いいんだよ？　でも、今年の文化祭は、一生の中でも今この時だけ！　今日くらいは！　今夜くらいは！　気になるあの人に声かけて、ロマンチックな一夜を過ごしてみないか？　玉砕したって大丈夫、炎が傷を思い出に変えてくれるさ。紳士淑女の諸君、待ってるぜ！」

案内が終わると、生徒たちがぞろぞろと動き出した。

「さて、どうするよ。俺らも行くか？」と八津谷が言う。

僕の心は、とっくに決まっていた。

会いに行く理由なんて、なくていい。そんなのなくても、いつだって夏美は僕に会いに来てくれた。今度は、僕から――

「僕は、夏美に会いに行ってくる」

「あ、じゃあ、あたしも」

そう言って歩き出そうとした花部さんの腕を、八津谷が掴んだ。

「一人で行かせてやれよ。ほら、行ってこい、星乃」

「うん。ありがとう」

歩き出すと、心が早く行けと急き立てる。

体の内側からドアを乱暴に叩くみたいに心臓が高鳴る。

歩くのさえもどかしくて、人波を掻き分けて走り出した。

廊下を走るなんて生まれて初めてだ。保健室はもうすぐ。

やがて辿り着いた扉をノックして、返事も待たずに開く。中には中年女性の養護教諭が一人、椅子に座っていた。

「すみません！　夏美の――風間夏美さんの具合は、どうですか？」

「風間さんって、あのかわいいハイカラさんね？　彼女ならついさっき、もう大丈夫と言って出てったわよ」

元気になったのなら、本当によかった。ひとまず安堵《あんど》したけれど、入れ違いになってしまった。礼を言って、保健室を後にする。

勇輝：どこにいる？　話したいことがある

夏美にメッセージを送っても、既読はつかない。

八津谷と花部さんに連絡して確認したけれど、二人の所には行ってないらしい。図書室に駆け込んでも人はおらず、図書準備室ももぬけの殻。まさかもう帰ってしまったのだろうか。そういえば僕は、彼女がどこに住んでるのかも知らない。

それとも、さっきのキャンプファイヤーの案内を聞いて、グラウンドに行ったのかもしれない。外はもう暗く、今頃グラウンドは人で溢れているだろうから、探すのは大変だ。一人ずつ確認していくとしても、そもそも彼女がそこにいなければ徒労でしかない。

ひとまず僕は屋上に繋がる階段を上がった。屋上からグラウンドを見下ろせば、特徴的な着物姿の人間を見つけることができると思ったからだ。

でも、階段を上がり切って、屋上に出る重い扉を開けて、そこで、無数の星が広がる夜空の下、フェンスの近くに立つ彼女の後ろ姿を見つけた。

「夏美……ここにいたのか。探したよ」

「……うん」

アスファルトの地面を歩き、夏美の右隣に立つと、グラウンドの中央でキャンプファイヤーの炎が赤く揺れて、周りに沢山の生徒がいるのが眼下に見えた。

「アンケートの結果、聞いた？　文芸部は五位だったよ。残念だけど、八津谷も花部さんも、もちろん僕も、手応えは感じてるから、来年はもっと頑張ろう」

「……そうだね」

もう元気になったのかと思っていたけれど、声に力がない。

彼女の方を見ると、右手の指をフェンスにかけて、寂しげな表情でキャンプファイヤーを見下ろしている。その視線は動かさないまま、遠い炎に照らされた彼女の艶やかな唇が動いて、静かな声を紡いだ。

「勇輝、こんな所にいていいの？　勇輝のことを気にしてる子が、今頃探してるかもしれないよ？」

「……そんなのは、いいんだ。僕は、君が――」

「私ね、ずっと、勇輝に言ってなかったことがあるんだ」

そう言われて、思い出した。彼女はこれまで何度か、僕に何かを伝えようとして思い留まることがあった。夏美は、一人で何かを抱え込んでいる。

「うん……何？」

「私、子供の頃に、大好きな家族が、星化症になったんだ」

「……え」

「小学生の時に、お姉ちゃんが。中学生の時に、お母さんが……。勇輝と一緒だね。だから、最初に知った時、びっくりしたよ。私たち、すごく似てるんだなって」

驚いた。星化症の発症率は、十万人に一人。家族二人が星化症になる確率はどれほど低いのだろう。そんな境遇の人が、こんなに近くにいたなんて。

「二人が星になった後、私、すっごくつらくて、悲しくて、寂しくて、生きてる理由も分かんなくて……自分も星になれたら楽なのに、なんて思ってた」

それも、同じだ。

大好きな二人を奪った星化症が許せなくて、残酷な世界が憎くて、孤独と憎悪の炎に心が焼き尽くされて、やがて僕は人との繋がりを捨てることを選んだ。でも。

「でも、そんな時、一冊の本を読んだんだ。何気なく手に取った小説だったんだけど、読んでて引き込まれた……。悲しいけれど、すごく優しくて、温かい愛と思いやりに満ちた、素敵な物語」

そう語る彼女の横顔は、当時を思い出しているのか、優しく微笑んでいる。

「読みながら自然に涙が流れて、読み終えてから声を出して泣いた。泣きながら、涙と一緒に悲しみが少しずつ溶けていくのを感じたんだ。物語が、そこに綴《つづ》られてる言葉が、自分の心についた大きな傷に、寄り添って温めてくれてるみたいだった。誇張じゃなくて、その本が、私を救ってくれたんだよ。物語ってすごい力を持ってるって、その時分かった」

そうか。僕を変えて僕を救ってくれた、僕にとっての夏美の存在は、君にとっては、その物語だったんだな。夏美を救ったその本に興味が湧いたし、同時に、少し嫉妬もした。そして、彼女が文芸部に強くこだわった理由も、少し分かった気がする。

「今まで隠してて、ごめんね」

「いや、そんな。つらいことだろうし、わざわざ言いふらすようなことでもないし……。むしろ、僕には話してくれて、ありがとう」

同じ境遇だからこそ、その悲しさも寂しさも、心に残る傷の深さも、胸が痛いくらいに共感できる。でも夏美は僕と違って、その傷を乗り越えて、あんなに強く、あんなに明るい笑顔で、僕をここまで引っ張ってくれた。

胸の中に再び熱い感情が満ちていく。

どうすればこの感謝を、一つも取りこぼすことなく伝えられるのだろう。

どんな言葉を使えば、誤解やすれ違いなく、この想いを伝えられるのだろう。

小説の展開やセリフを考えるよりも、よほど難しい。

でも、僕は、嘘や偽りのない僕の本当の言葉で、今、君に伝えたいんだ。

「夏美、僕からも、聞いてほしいことがある」

「……うん」

「僕も、星化症で姉と母を喪って、その悲しさや寂しさに耐えられなくて、失うことがこんなにつらいなら、始めから何もいらないって思った。だから人との繋がりを拒絶して、孤立して、それで自分は無敵だと思ってた。だから、君から文芸部を創ろうって言われても、乗り気じゃなかったし、迷惑だとさえ感じたんだ」

今思えばその頃の僕は、なんて嫌なやつだっただろうか。

「でも、強引に入部させられて、人との繋がりを強要されて、うんざりするくらい毎日話して、色んな所に連れ回されて、慣れない創作もやらされて……そんな日々の中で、少しずつ、僕は変わっていった。楽しかったし、嬉しかったし、みんなと一緒に見た世界は、どれも綺麗で素敵だった。僕一人じゃ、絶対にここまで来れなかった。僕が変われたのは……夏美の、おかげなんだ」

胸が苦しい。心臓がずっと暴れてる。心をさらけ出すのが、こんなに怖いなんて。

「すごく感謝してるし、尊敬もしてる。笑っていてほしいって思うし、幸せでいてほしいと思うよ。そばにいたいし、触れていたい。君のことをもっと知りたいし、僕のことも知ってほしい。……つまり……要するに……僕は……」

秋の夜の優しい空気で肺を満たして、精いっぱいの、けれどとてもシンプルな、たった八音の言葉に変える。

「君が、好きなんだ」

彼女の目から涙が溢れ、頬を伝う。遠くで揺れる炎が、涙の跡を輝かせた。夏美が泣いたことに衝撃を受けながら、こんな時でも、とても綺麗だと感じてしまう。

「……なんで、泣くの？　嫌だったかな……」

「違うよ」

首を横に振って、夏美は右手で涙を拭う。けれどすぐに雫は溢れ、止めどなく頬を濡らしていく。

「めちゃくちゃ嬉しいよ……でも、嬉しく思うことが、すごく、つらくて」

「どうして？　僕は君に、笑ってほしいよ」

「私が勇輝に言ってなかったことが、もう一つあるんだ」

ようやく彼女は炎から視線を外して、正面から僕と向き合い、静かに涙を流しながら、優しく微笑んだ。そんなに悲しげな笑顔を、見たかったんじゃないのに。

「私がそれを言ったら、きっと勇輝は、私を恨むよ。私を、許せなくなるよ」

「僕が君を恨むなんて、絶対にない」

「ううん。私は、勇輝をすごく傷付けてしまう。でも、もう、隠せない」

そう言って彼女は、右手で左の袖を持ち、ゆっくりとたくし上げていく。

昨日、その可能性を考えて、認めてたまるかと無理矢理に封をした。考えないようにしていたその最悪の予感が、悲しい確信に変わっていく。

世界から音が消える。息が止まる。血の気が引いていく。膝から崩れ落ちそうになる。

彼女の左腕は手首まで包帯で巻かれ、その包帯でも隠し切れないくらい、淡く光を発していた。白く、冷たい、残酷な光を。

ああ。どうして。どうして。どうして。

こんなことが、あっていいのか。

そして音の消えた世界で、彼女の優しい声だけが、僕の鼓膜を悲しく揺らした。

「私ね、もうすぐ、星になるんだ」

＃3　手紙、友達、辿る記憶。私から、あなたへ。

どうやって帰ってきたのか、覚えていない。

あの屋上から逃げるように駆け出した後、気付けば僕は自分の部屋のベッドの上で仰向けに倒れていた。照明も点けていないから、部屋は真っ暗だ。

長い悪夢を見ていたのだろうかと思ったけれど、僕が着ているのは文化祭の衣装のままだし、夏美の声も耳に残っている。

彼女の頬を伝う涙も、左腕の輝きも、自分が一番つらいはずなのに僕を気遣うような微笑みも、鮮明に覚えている。

全部、ただの悪い夢であったなら、どれだけよかっただろう。

胸がズキズキと痛み続けている。頭も揺れるように痛い。吐き気もする。

どうしてこの世界は、こんなにも残酷でいられるのだろう。

姉が、母が、星になり、取り残された僕はそれ以上傷付かないよう、心を凍り付かせて自分を守っていた。でも夏美と出会って、少しずつ氷を解かされて、温かさが心地よくて、楽しくて、恋までして、未来への希望なんてものを持ってしまった。

でも、今度は、夏美が、星になってしまう。

僕はまた、独りになる。

出会わなければよかった。温もりなんて知らなければよかった。

世界が冷たく色を失っていくのを感じた。

心がひび割れて錆《さ》び付いていく音が聞こえた。

僕は今度こそ、この残酷な世界から自分を切り離す。

もう誰とも会わない。希望なんて持たない。

思い出も優しさも夢も願いも愛情も、全部、全部、全部、消えてしまえ。

★

僕は学校に行くのをやめ、自分の部屋に閉じこもった。スマホは電源を切り、心配する祖父の声も、全て無視をした。

一日中ベッドの上で寝転んだまま、好きだった本も読まずに、現実から心を遠ざけることにだけ時間を費やした。

体なんてこのまま果ててしまえばいいと思うけれど、喉も乾くし空腹も訪れる。そんなもの望んでいないのに、持ち主の意に反して生きようとする体が、悲しかった。

夜が更けて祖父が寝静まった後に居間に行くと、祖父が作った夕食がラップをかけられて食卓の上に置かれている。それを食べて、また部屋に戻る。それだけ。そんな日々が、何日か続いた。

ある日、夕方頃に部屋の外で祖父の声がした。

「勇輝、お友達が心配して来てくれたよ。八津谷くんと、花部さんの二人だ。今玄関で待ってもらってる。少し顔を出さないか？」

「……帰ってもらって」

「でも――」

「いいから」

「……分かった」

しばらくして、玄関の扉が閉まる音が小さく聞こえた。

――文芸部は、どうなっているのだろう。

そんなことをふと考えてしまって、また自分を呪った。もう繋がりなんて持たない。全て捨てろ。完全な孤独になれば、悲しいことなんて何もないんだから。


けれど次の日も、その翌日も、そのまた翌日も。放課後の時間になると二人は決まって家に来た。休日は朝から呼び鈴を押してくる。そして祖父がそれを僕に知らせる。

「また二人が来てくれてるよ。今日は、出れそうか？」

〝二人〟じゃない。〝三人〟だ。その小さな数字の違いさえ、そこに夏美はいないということを知らしめてくる。

そのたびに、遠ざけて忘れようとしていた現実が僕を打ちのめす。そして、あの文化祭の夜に屋上で見た最後の光景が目の前に浮かんで、叫びそうになる。

どうして僕を放っておいてくれないんだ。どうして、僕なんかと繋がりを持とうとするんだ。

「……もう来ないでって言ってよ」

「そうもいかないだろう。二人とも心配してるんだから、少しくらいは顔を見せてあげたらどうなんだ」

「そんなの、僕は、望んでない」

ドアの向こうに立つ祖父の戸惑いが、沈黙から伝わってくるようだった。

その時、八津谷の声が響いた。

「おい、星乃勇輝！　勝手に上がるぞ！」

そして廊下を歩く乱暴な足音が近付いてきて、僕の部屋の前で止まった。

「星乃、そこにいるんだろ？　今日こそは話を聞いてもらうぞ」

僕は布団を頭まで被り、両手で耳を塞ぐ。でもそんなことでは、現実は遠のいてはくれない。

「あの文化祭の夜に何があったか、風間がどういう状態なのか、ちょっと前に風間本人から聞いたよ。俺も驚いたし、めちゃくちゃ悲しい。だからお前が引きこもる理由も、理解してるつもりだ」

やめてくれ。彼女の名前を聞かせないでくれ。もう、忘れさせてくれ。

「お前がつらいのは、分かるよ……。俺だってしんどい。花部なんか毎日泣いてる。でもお前の場合は、お前の、あいつへの気持ちとか、過去のこともあるから、余計、つらいよな」

分かるわけない。僕の苦しみを、他人が本当には分かるはずがないんだ。

「でもさ。……ここからは、俺の考えだ。お前にとって第三者の意見だ。押し付けるつもりも、強制するつもりもないし、俺にそんな権利もない。でも多分、花部も同じ気持ちだ。だから、俺たちの願いだ。身勝手な祈りだ。でも聞いてくれ」

そして呼吸一つの間を空けて、八津谷は続けた。その声は、震えていた。

「お前がつらいのは、痛いくらいに分かる。こんな現実は最悪だって、俺も思う。でも、でもさ、風間だってつらいと思うんだ。あいつが一番つらいと思うんだよ。あいつにとってもお前は特別だった。そんなん誰だって見てりゃ分かる。でもお前が、自分だけを守るために、このままあいつがいなくなっちまうまで、全部終わるまで一人でいようとするんなら、そんな現実が何よりも一番、最悪だと思うぞ」

花部さんも近くにいるのか、彼女の声も続いた。

「あたしも、そう思います……。目と心を閉ざしていれば、悲劇を見ないで済むのかもしれません。でも、あたし達は、もう繋がっちゃったんですよ。繋がってなかった頃にはもう戻れないんですよ。このまま時間が経っちゃえば、さよならもありがとうも、何も言えずに終わっちゃいます。それは今よりも、もっとずっと悲しくて、つらくて、痛いはずです。その後悔が、ずっと、ずっと、死ぬまで続くんですよ？」

泣いているのだろうか。花部さんも涙声だ。

「……あたし、星乃くんのこと、好きなんですよ。星乃くんがあたしをどう思っていようが、あたしはあなたを大切な友達の一人だって、勝手に思ってます。部誌であなたの書いた物語を読んで感動して、憧れてるし、ちょっと嫉妬もしてます。……でも、このまま何もしないのなら……軽蔑、しちゃいます」

「……今すぐ出てこいってわけじゃねえ。そんなすぐに人の心は変わんねえし、風間に残された時間もまだ少しはあるらしい。俺も、花部も……あいつも、お前を待ってる。会いに行く気になったら、俺に連絡してくれ。もし一人で行くんなら、あいつの住所を書いた紙をここに置いとくから、見てくれ」

ドアの前に何かが置かれる気配がした。

「……じゃあな。信じてっからな、星乃」

足音が遠ざかり、やがて玄関の扉が閉まる音も聞こえた。

静けさが部屋に満ちる。

僕は一人、ベッドに腰かけ、ゆっくりと息を吐き出す。

感情が渦巻いている。二人の言葉が、胸の中で熱く反響している。

こんなにも苦しいのは、結局僕が、何も捨てられていないからだ。

こんなにも、みんなのことを、好きなままでいるからだ。

ため息のような深呼吸を何度も繰り返しながら、僕は僕のすべきことを、長い間考え続けた。

いや、どうすべきかなんて、本当はもう分かっているんだ。

ただ、弱い自分に、現実と向き合う勇気を与えるには、長い時間が必要だった。

★

その日の夕方、八津谷が置いていったメモを持って、僕は一人、暮れかけの町を歩いた。

僕の家から歩いて二十分ほど。『ひかりの園《その》』という名を持つその建物は、小さな林の中で、隠れるようにひっそりと佇《たたず》んでいた。入り口には看板がかけられていて、『児童養護施設』と書かれている。自分の住む町にこんな施設があったことすら、僕は知らなかった。

インターホンを押して面会を希望すると、初めは時間外だと断られたけれど、夏美の友人だと告げたら、特別に許可を出してくれた。

職員さんの案内を受けて、廊下を歩く。比較的新しい施設なのか、壁も床も綺麗だ。子供の数は多くないのか静かだけれど、時折話し声や笑い声が聞こえてくる。

そして、夏美の部屋の前に辿り着いた。扉の向こうは静かだ。

心臓の鼓動が速くなっていく。ここまで来て、僕はまだ、向き合うことを恐れているのか。

深呼吸で心を静めて、用意してきた言葉を胸の中で繰り返す。

笑顔で接して、これまでの感謝を伝えよう。夏美を不安にさせないように、僕は穏やかな態度でいよう。せめて彼女に残された時間を、優しい思い出で満たそう。そう決めてきたんだ。

意を決して扉をノックする。「はい、どうぞ」と返事があった。ドアノブを掴む。でも、手がそれ以上、動かない。

「……勇輝、なの？」

扉の向こうの声が、僕の名前を呼んだ。もう引き返せない。ゆっくりとドアを開けて、部屋の中に踏み込んだ。六畳ほどの小さな部屋に、クローゼット、学習机、ベッドのみ、というシンプルな家具構成。

ベッドの上で上半身だけ起こす形で、夏美は座っていた。入院着のようなパジャマを着ていて、腰から下は布団がかけられている。

「……ごめん、急に、訪ねてきて」

「あはは、こんな格好だから、恥ずかしいな。まあ、行くよって事前に言われてても、着替えたりできないんだけど」

彼女の体の硬化は、もう服では隠しきれないくらいに拡がっていて、襟元から伸びる首筋も半分ほど石のような質感になり、淡く光を放っている。

覚悟していたはずなのに、心が砕けそうになる。見ていられなくて、視線は自分の足元に落とした。

「……もう、嫌われたと思ったから、来てくれたの、すごく嬉しいよ。ありがとね、勇輝。お茶とか出してあげたいんだけど、もう自分一人じゃうまく歩けないんだ、ごめんね。えっと、そこの椅子にでも座って?」

笑顔で接して、感謝を――

僕は、穏やかな態度で――

彼女に残された時間を、優しい思い出で――

そう決めてきたのに、感情が言うことを聞かない。

痛いくらいに拳を握り締めても、破裂しそうな心が溢れて、体中が熱くなっていく。

「……ありがとうって、言いに来たんだよ。でも……」

「……勇輝？」

「君の言う通りだったよ。あの文化祭の夜、君は屋上でこう言った。僕が君を恨むって。許せなくなるって。その通りだよ。僕は今、君を恨んでる。憎んでる。許せないって思ってる」

顔を上げると、涙が溢れた。驚いているような表情の夏美を真っ直ぐに見て、爆発するように湧き上がる言葉をぶつける。


「もう傷付きたくなくて独りでいたのに！

悲しみたくなくて心を守ってたのに！

どうしてあの時、僕に声をかけたんだ！

なんで僕なんかを文芸部に誘ったんだよ！

ずっと独りでいればこんなつらい思いしなくて済んだんだ！

こんなに君を好きになって、君がもうすぐいなくなることがこんなに苦しくて、胸が潰れそうなくらい悲しい思いを、知らずにいられたのに！

親しげに近付いてきて、思わせぶりなことを言って、手なんか握ってきて、名前で呼び合うようになって、それで、星になっていなくなるなんて、あんまりだよ！

どうして、どうして僕に、こんなにも君を、好きにさせたんだよ！」

僕の言葉を聞きながら、夏美の目にも涙が溢れていた。赤くなった目で、彼女は叫ぶように言う。

「そんなの、どうしようもないじゃん！
私だって苦しいよ！　めちゃくちゃつらいよ！
みんなとずっといたいし、遊びたいし、笑ってたいし、部活もしたいよ！
私だって勇輝に笑っていてほしいし、幸せでいてほしいよ！
ずっとそばにいたいし、触れてたいよ！
もっと知りたいし、知ってほしいって思うよ！
悲しませるって分かってても、好きになっちゃうのはしょうがないじゃん！
私は星になっても、勇輝はここで生きていけるんだよ、未来があるんだよ！
私が過ごせない時間を、勇輝はこの先も過ごしていけるんだよ！
そんなのずるいよ！　羨《うらや》ましいよ！
自分だけがつらいなんて思わないでよ！
私だって、勇輝をこんなに好きで、こんなに、苦しいのに！」

そして夏美は、小さな子供のように、声を上げて泣いた。

僕も泣きながら彼女のベッドに歩み寄り、床に膝をついて、彼女の手を取り、自分の額に押し当てる。無機質な石のような感触のその愛《いと》しい手に、止めどない涙が伝って濡らしていく。

「……ごめん。君が一番つらいのは、分かってるんだ。でも、残される側の痛みや寂しさも、君は知ってるはずだ」

「うん、分かってる。分かってるから、心が、ずっと痛いんだ」

「僕たちは、どうすればいいんだろうね」

「どうすれば、いいんだろうね」

そのまま二人で、時間も忘れて泣きじゃくった。声は廊下にも響いていたはずだけれど、誰もが僕たちを放っておいてくれるのが、ありがたかった。

やがて二人とも泣き疲れ、涙も枯れた。どれだけ悲しくても、どれだけつらくても、時間が経てばいつか涙も止まってしまうというのは、世界の優しさなんだろうか。

僕は彼女のベッドに座り、夏美は僕の肩に寄りかかるようにして、いつかの夏の日に僕の部屋でしたように、手を繋ぎ合っていた。

「……勇輝」

　ふと彼女が、僕の名を呼ぶ。

「うん」

「多分職員さんは、私の事情を知ってるから、何も言わずにいてくれてるんだけど、消灯時間になったら、さすがに勇輝は追い出されるよ」

「うん」

「だからその前に、ちゃんと、言うね」

「ん、何を？」

「すごく大事なこと。だから、しっかり聞いて、心に刻んでほしい」

「分かった」

　僕は、彼女の言葉の一つも取りこぼすまいと心の準備をする。夏美は小さく息を吸って、言った。

「私は、あと何日かで、星になる。その時は、勇輝のおうちの庭に、私を連れてってほしい」

「……あの場所で、星塚になりたいって、こと？」

「うん。ダメかな？」

「いや、いいよ。姉さんも母さんも、歓迎すると思う。それに、君が星になった後も、僕が君の星塚のそばにいられるなら、僕が一番嬉しい」

「そっか、よかった。ありがとう」

「大事なことって、それ？」

「ううん。これから」

「なんだよ、もったいぶるね」

ふふ、と小さく笑って、夏美は続けた。

「だって、物語で盛り上がりの前には、助走も大事でしょ？」

「これ、物語なの？」

「そうだよ。私の物語だし、勇輝の物語でもある。今は二人のストーリーがぴったりくっついて進んでるけど、この先離れ離れになっていく。地球と、アステロイドベルト……約五億キロメートルの距離に、離れていくんだ」

五億キロメートル……。彼女が言った途方もない数値に、悲しみ疲れた胸が再度きしりと痛んだ。

「前にも話したけど、星になっても死ぬわけじゃない。小さな小惑星の一つになって、星の海を漂いながら、何百、何千年もの、長い長い夢を見るんだ。だから、私は死ぬんじゃないよ。そこは安心してね。勇輝よりずっとずっと長生きしちゃうんだからね」

「……うん」

「私は、遠い所に旅立つけど、勇輝には、これからも、物語を書き続けてほしいんだ。この先、生きることが怖い時も、あるかもしれない。誰かとの別れが、どうしようもなくつらい時も、あるかもしれない。それでも、どうか、物語を書き続けてほしい。私は勇輝の書くお話が大好きだし、あなたの物語は、いつか必ず、遠いどこかで、誰かを救うから。……これが、聞いてほしかった大事なことだし、私の願いだよ」

僕は、ゆっくりと息を吸い、ゆっくりと吐き出した。

正直まだ、この残酷な世界で生きるということに、前向きになれる気はしない。けれど、それが君の願いであるなら、僕はこの命をかけて、その願いを叶えよう。それが、大好きな君への最大級の感謝で、最上級の愛情表現だと思うから。

「……分かった。約束するよ」

「うん」

夏美は、一粒の涙を流して、笑ってくれた。

これまでのどんな笑顔よりも、綺麗で、優しくて、幸せそうで、切なかった。

その後すぐに消灯時間が来て、僕は夏美に別れを告げて、施設を出た。

空には大きな上弦の月が、静かに浮かんでいた。

夏美と気持ちをぶつけ合い、泣きじゃくって、約束を交わした、秋の夜。

その翌日から、僕と八津谷と花部さんの三人は連日施設を訪れ、時間の許す限り夏美と共に過ごした。

四人の共通の思い出話をして笑い、八津谷の過去の失敗談を聞いて笑い、花部さんが覚えてきた落語を披露してまた笑った。日に日に夏美の体を侵食していく硬化症状に胸を痛めながら、共に過ごせるわずかな時間を、とにかく笑顔と優しい記憶で埋め尽くそうとしていた。

★

そして、秋も深まってきた十一月十四日の夕刻、施設から僕に連絡が入った。

話し合って決めていた通り、僕は八津谷と花部さんも呼び、再び施設を訪ねた。

夏美はベッドの上に横になり、目を閉じて、穏やかな表情をしていた。両手を胸の前に重ね、祈りの姿のように指を組んでいる。星明かりのような静かな光は彼女のほぼ全身を包んでいて、夏美はもう目を開くこともできなくなっていた。

花部さんは口元を押さえて咽《むせ》び泣き、八津谷も黙って涙を流した。

まだ声を発することはできるようで、夏美が言った。

「この泣き声は麻友だな？　やだなあ、しんみりしないでよ。死んじゃうわけじゃなくて、星の海への旅立ち、なんだからね」

「うん、うん、そうですよね。ロマンチックな表現ですね」

「ふふっ、なんたって私、文芸部部長ですから」

夏美を心配させないように声を押し殺して泣く花部さんの姿が、胸を打った。

八津谷や施設の職員さんに手伝ってもらい、僕は彼女の体を背負う。ずしりと食い込む痛みにも似た重さを、夏美がこの世界にいた証として、死ぬまで忘れないように心に刻み込みながら、施設を出て、一歩ずつゆっくりと歩いていく。

僕の背中で、夏美が言う。

「重いのは、星化症のせいだからね？　別に、私がもともと重い、とかじゃないからね？　勘違いしないでね？」

「あはは、分かってるよ。僕が運ぶのは、君でもう三人目なんだから」

息は切れ、足は痛く、秋の夜風は冷たいのに、汗が止まらない。

「おい、ホントに大丈夫か？　キツかったら俺が代わるぞ。お前よりパワーもスタミナもあるぜ」

隣を歩く八津谷が、心配してくれる。

「大丈夫。僕が、夏美を連れていきたいんだ」

汗が目に入りそうになったら、花部さんが手に持ったハンカチで拭いてくれた。

「ありがとう、花部さん」

ぶんぶんと首を横に振って、花部さんは言う。

「ありがとうは、こちらこそなんです。星乃くんが夏美ちゃんに会いに行ってくれたから、こうしてみんなでいられるんですから」

やがて僕の家が見えてきた。祖父が玄関前で待っていて、ドアを開けてくれた。祖父も顔をくしゃくしゃにして泣いている。数日前に、夏美の最後をうちの庭にしたいと伝えたら、祖父は快く受け入れてくれていた。

縁側から庭に降りて、二つ並んだ星塚の前に立つ。

「着いたよ、夏美。今日は、いい夜だね」

空には雲もなく、満点の星が広がっている。これからあの星々の仲間入りをするのなら、最高のシチュエーションだろう。

「うん、見えないけど、瞼の裏に見える気がするよ。綺麗な夜空だ。本当に、綺麗だね……。連れてきてくれて、ありがとう、勇輝」

八津谷と花部さんにも手を添えてもらい、ゆっくりと夏美の体を地面に下ろした。

最後の時を告げるみたいに、彼女の体の輝きが少しずつ強くなっていく。

八津谷が震える声で言った。

「じゃあな、風間。短い間だったけど、楽しかったぜ。そっちでも元気にやれよ」

「うん、私も、最高に楽しかったよ。慶介も元気でね」

花部さんも続く。

「夏美ちゃん、あたしを文芸部に誘ってくれたの、嬉しかったです。おかげで毎日が楽しかった。お別れは、寂しいです……。でも、笑顔で、見送りますね」

「ありがと、麻友。麻友と友達になれて、本当によかった」

光は燃えるように輝き、もう夏美の体の輪郭も見えない。

この瞬間をひと時も見逃さないように、しっかりと光を見つめて僕は言う。

「夏美……さよならじゃ、ないんだよな。遠くに行くだけなんだよな」

「そうだよ、ちょっと五億キロ先の宇宙に行くだけ。約束、忘れないでよね」

「うん、絶対に忘れないよ」

「前に、星化症患者は最後に願いが叶うって話したの、あれ本当なんだよ。私、みんながずっと仲良しでいられるように願うからね。……たまに、空を、見てね。私を、忘れ、ないで、ね……」

そして彼女の光は一筋の流れ星のようになって、深い夜空に昇っていった。

僕たちはみな、その光の軌跡を見上げ、彼女を安心させるように微笑みを浮かべながら、静かに泣き続けていた。

学校でも夏美が星になったことは周知され、全校で黙祷《もくとう》を行った。クラス内では泣いている人も何人かいた。

教室の夏美の机は持ち主を失って空席になり、ぽっかりと空いた空洞で周りの空気の温度まで下がっているように思える。

★

その日から後期中間試験が始まり、部活はしばらく休みになった。夏美がいた頃は、僕の家に集まって試験対策の勉強会をしたこともあったけれど、今はそんな気分になれなくて、放課後になるとすぐ、僕たちはそれぞれ自分の家に帰った。

試験期間も終わった土曜の朝、文芸部は久しぶりに臨時出張部室、つまり僕の家の書斎に集まった。

当然だけどそこには部長である夏美の姿はなく、代わりに縁側の向こうで、庭の星塚が一つ増えているのが、晩秋の柔らかな日差しの中でよく見えた。

夏美は、死んだのではなく、遠い空で生きている。だから、さよならじゃない。

そう、分かってはいるけど、思おうとしているけれど、彼女が欠けた日常の光景を見せつけられるたびに、心は悲しく軋む。

三人で卓袱台を囲んで座り、祖父が出してくれた熱いほうじ茶を啜ってから、八津谷が言う。

「さて、久しぶりに集まってみたわけだが……どうすっかな。いつもあいつが仕切ってたから、こうなっちまうとどうすりゃいいのか分かんねえな」

「八津谷が仕切ってよ。そういうの得意そうだし」

僕がそう言うと、彼は露骨に眉をしかめた。

「あ？　どっからそういう印象が出てくんだよ。俺はリーダーとかそういうガラじゃねえ。中学ん時の野球部で懲《こ》り懲《ご》りなんだよ。それなら星乃がやるべきだろ、副部長なんだし」

「知らないうちに勝手につけられた役職ってだけだよ。多分、部の申請時に記載が必要だったから、適当に僕の名前を書いたんだろうね」

「じゃあ、花部はどうだ？」

花部さんはぶんぶんと首を横に振った。

「む、無理ですよお。夏美ちゃんは部長会議とか総会にも出てましたけど、そういうの、あたし緊張して、絶対発言できないです。そうすると、部費を削られたり、しちゃうかもです」

「うーん……顧問は放任主義だし、引っ張っていけるやつはいねえし、まあ、適当にやってくかね。これまでだってそんなに熱心に活動してたわけじゃねえしな」

「それなら、文芸部を解散するのはどうかな」

　僕の提案に、二人は驚いた表情で僕を見る。

「……なんでそうなるんだよ」

「だってもともと、夏美が作りたくて始まった部活だろ。夏美がいなくなったのなら、もう続ける意味はないんじゃないかな」

「本気で言ってんのか？　あいつは俺たちが仲良くいるのを最後の時に望んでたじゃねえか。それを裏切るのかよ」

　八津谷に同調するように、花部さんも続いた。

「そ、そうですよ、それに、星乃くんは夏美ちゃんと約束したんですよね。物語を書き続けるって」

「うん。全部分かってる。でも、部活がなくなっても学校で会えるし、僕たちの繋がりが切れるわけじゃないでしょ。物語の執筆だって、部活じゃなくても、一人でできる。いや、むしろ、一人の方が集中して効率よくやれる。僕は夏美との約束を叶えるために、物語を書き続けなきゃいけないんだ」

「で、でも……」

　花部さんは口を噤《つぐ》んで悲しげな表情でうつむき、八津谷は不服そうに息を吐き出した。僕は間違ったことは言ってないはずだ。

　八津谷が立ち上がり、縁側の方まで歩く。そして庭に佇む星塚を見下ろしながら言った。

「あいつが必死になって作った文芸部の、解散、か……。まあどの道、部員が俺ら三人しかいねえなら、そのうち廃部になっちまうかもしんねえしな」

「そんな……。じゃ、じゃあ、誰か入ってくれそうな人を探しませんか？　きっと何人かいますよ。文化祭の時だって、結構好評でしたし」

「んー……なんかもう俺も、そこまでしなくていいんじゃねって気がしてきたわ。この部活に入ってから、今まで全然興味のなかった読書も創作も、意外と楽しいって思うようになったけど、星乃の言う通りそれって部活じゃなくてもできるしな。野球辞めてヒマだった頃、風間に誘われて入っただけだし」

「八津谷くんまで……。文化祭の時は、あんなにやる気だったじゃないですか。来年はもっと部員を増やして、次こそは一位をって」

「文化祭ね……。そういやあいつ、みんなが泣くような感動の文章を読ませてあげるとか言ってたけど、結局実現しなかったなあ」

　僕も覚えている。文化祭の準備を進める中で、夏美が言っていた。

（ふっふっふ、私の本当の物語は部誌のページに収まりきらないのさ。そのうちみん

ながわんわん泣いちゃうような感動の文章を読ませてあげるよ）

星化症の発症から最終段階までは、約三か月。夏美が星になったのは先週、十一月十四日だから、逆算すると彼女は八月の中旬くらいから症状が出ていたことになる。みんなでペルセウス座流星群を見に行った頃だろうか。

それなら、文化祭があった十月には、夏美は閉ざされていく自分の未来を明確に見据えていたはずだ。それなら、どうしてあんなことを言ったのだろう。

三人とも黙り込んで、気まずい沈黙が部屋を満たしていく。

その時、祖父が一通の封筒を持って書斎にやってきた。

「勇輝、今、こんなものが届いたんだけど」

立ち上がって、差し出された洋型の封筒を受け取り、書かれている文字を見た。

「星乃勇輝さま……僕宛てだ」

裏返して差出人を見て、思わず息を呑む。

「風間、夏美……？」

「え!?」

八津谷と花部さんも驚いて、僕のそばに集まってきた。

「夏美ちゃんからの手紙、ですか？」

「まさか宇宙から出してきたってのかよ？」

「いや、配達日指定がされてる。差出日は、十日前だ」

「指定できる最長の日数ですね」

十日前。その頃にはもう夏美は自力で歩くことも、手を動かすこともままならなくなっていた。施設の職員さんに頼んで代筆と発送をしてもらったのだろうか。

「中は、何が書いてあるんですか？」

「早く開けてみてくれよ」

丁寧に封を切り、中の便箋《びんせん》を取り出す。一枚だけの簡素な手紙だ。僕はそこに書かれた文字を読み上げる。

「『卓袱台の裏』……って書かれてる」

「は？　それだけか？　何かの暗号？」

「卓袱台って、単純にこの書斎の卓袱台のことじゃないですか？」

花部さんに言われ、四つん這いになって下から卓袱台を覗き込んだ。

「あ……テープで紙が貼りつけてある。いつの間に……」

テープを剥《は》がして、紙を取り出す。紙にはこう書かれていた。

「『自転車のサドルの裏』……？」

八津谷が僕の後ろから紙を見て、言う。

「え、何これ。次はここに行けってこと？　まさかこういうのが次々出てくる感じか？」

「自転車って、誰のですかね？」

「とりあえず僕のやつを見に行ってみよう」

三人で家を出て、しゃがんで自転車のサドル裏を見た。

「おお、あるぞ！」と八津谷が興奮して言った。

雨に濡れないようにか、ご丁寧にビニール袋に入れて、ここにも小さな紙がテープで貼りつけられている。袋から取り出して、折り畳まれている紙を広げた。

「なんて書いてあります？」

「『夏休みに行った海の、注意事項が書かれた看板の下。三人みんなで行ってね』……だってさ」

「これからまたあの海に行けってか⁉　マジかよ……」

「結構大変でしたよね。あたし自転車に乗るの久しぶりだったから、次の日に両足が筋肉痛になりましたよ」

そういえば夏美はあの日、看板の下でスコップを持って砂を掘っていた。まさか、あの時から今日のために準備していたというのだろうか。自分が星になっていなくなる未来と、残される僕たちのことを思いながら……。

「……行こう。夏美がふざけてやってるとは思えない。きっと何か、大事なメッセージなんだと思う」

僕の言葉に、二人もうなずいた。

三人で自転車を漕ぎ、海を目指す。前は真夏だったから暑かったのを覚えているけど、晩秋の今は冷たい風が心地よく、ペダルを踏むたびに流れていく景色も、あの頃とは色彩が違っている。

やがて海辺に辿り着いて、僕たちは三人横に並んで、息を整えた。

「なんかたったの三か月前なのに、もう懐かしいよな」と八津谷。

「三か月で色んなことがありましたもんね……」

しみじみと言った花部さんに、僕も続く。

「あの日ここで、クジラを見たんだったね」

その光景は、今も眼に焼き付いている。きっと一生忘れないんだろう。

「おう、あれはビビったし、感動したよなぁ。はっきり覚えてるぜ」

「あれは奇跡でしたねえ」

砂浜を歩き、目当ての看板に辿り着くと、持ってきたスコップで砂を掘った。しばらくするとスコップの先端が硬いものに当たり、手でそれを慎重に取り出す。てのひらサイズのお菓子の缶がビニール袋に包まれたものだった。袋を破り、缶のフタを開ける。

「あ、やっぱりまた紙が入ってる」

それはこれまでのメモのようなものとは違い、折り畳まれた便箋のようだった。

『麻友へ』と書かれているので、花部さんに渡した。

「え、あたしに……？」

花部さんが便箋を開き、中に書かれた文章を読み上げていく。


拝啓、花部麻友さま。（ちゃんと三人で来てるかな？）

驚かせてごめんなさい。

私はこう見えて恥ずかしがりの照れ屋なので、大切な気持ちを面と向かって言うのが難しくて、手紙に書いてみようと思いました。

麻友、文芸部に入ってくれてありがとうね。一人だとやっぱり不安だったから、麻友が最初に文芸部作りに賛同してくれたのは嬉しかったし、とっても安心したんだ。

そして、私の友達になってくれてありがとう。

信じられないかもしれないけど、高校に入るまでの私は、結構ネガティブで、臆病で、友達もできずにクラスで浮いちゃってて、孤独な人生だったんです。（高校デビューってやつかな。明るくて元気な私、自然だったでしょ？　演劇部に入っても活躍できたかもね！）

だから、麻友と友達になれて本当に嬉しかったし、休み時間のたびに本のこととか勇輝のこととか話したり、一緒にお弁当食べたり、二人で水着を買いに行ったりして、毎日楽しかった。

麻友が家族のことでつらい思いをしてるのは知ってるし、考えると胸が痛いです。でも私は、麻友がとっても優しいこととか、ご飯の食べ方が綺麗とか、好きなものに夢中になれるところとか、笑顔がかわいいとか、本をいっぱい読んでて博識なこととか、麻友の素敵なところをいっぱい知ってるし、そんな麻友が大好きです。

だから自分に自信を持って、好きなものをこれからも追いかけて、いっぱい笑って、困ったことがあったら勇輝や慶介にも相談して頼って、幸せに生きていってください。そしてその優しさと知識で、文芸部を支えてあげてください。

絶対に大丈夫。麻友は最高に素敵な大人になるって、私が保証します。

じゃあ、元気でね。

ずっとあなたの親友、風間夏美より。

途中から花部さんの声は震え、大粒の涙を流し、口元を押さえながらも、最後まで読んでくれた。

「夏美ちゃん……あたしだって大好きだし、友達になれて嬉しかったし、今も、この先も、ずっと親友だって思ってるよ」

そして彼女は砂浜の上にしゃがみ込み、手紙を胸に抱きしめながら、声を上げて泣いた。

花部さんが泣き止むまで、僕と八津谷は彼女の隣に座って、静かに海を見ていた。

「そういや、次の場所は指定されてないのか？　風間のことだから、まだ続きそうだけど」

花部さんが泣き止んでから、八津谷がそう言った。

「あ、確かにそうですね。でも手紙にはそういうのは……あ、便箋の裏に書いてありました！　『松陵ヶ丘のベンチの裏。三人で行ってね！』だそうです」

「あー、お次はそう来たか。なるほど、ちょっと読めてきたな」

「僕たちの過去の行動を辿ってる感じだね」

珍しく花部さんがため息をついた。

「はあ、これからまた自転車で戻って、今度はあの長い階段を上がるんですね……」

「まあしゃあねえ！　いい運動の機会だと思おうぜ！」

三人で自転車にまたがり、帰路を走る。途中花部さんが疲れて止まるのを、八津谷と二人で待つ、というのを繰り返しながら。

　夏休みの時と同じだな、と、懐かしく思いながら。


　そして松陵ヶ丘に繋がる山の麓に自転車を止め、三人で階段を上っていく。

「なんであたしたち、トライアスロンみたいなことしてるんでしょうね」と花部さんが言うので、少し笑ってしまった。

　見晴らし台に辿り着く頃には僕も花部さんも息は絶え絶えで、八津谷だけがぴんぴんとしていることに羨ましさを感じた。

「ここで見た流星群、すごかったよな」

　と八津谷が空を見上げながら言う。今はまだそこには、真昼の青空が明るく広がっている。

「そうですね、本当に、雨みたいに降ってました。流星雨っていう言葉の由来を見た気分でしたね」

「あの時、急に夏美に手を握られてびっくりしたよ……」

「え！　そうだったんですか？　夢中で空を見てたから全然分かりませんでした」

「なんだよ、やっぱり付き合ってたんだろお前ら？」

　二人とも気付いた上で見て見ぬフリをしてくれていたと思っていた僕は、迂闊《うかつ》に話してしまったことを後悔した。

「ち、違うって。ほら、ベンチの裏を見てみよう」

屈んでベンチを覗き込んだ八津谷が、「お、あったぞ」と言って、ビニール袋で保護された紙を取り、こちらに掲げてみせる。

「お、今度は慶介へって書いてあるぞ。俺にも手紙があるんだな。どれどれ……？」

彼も、手紙の内容を声に出して読み上げていく。


拝啓、八津谷慶介さま。

最初に教室で慶介に話しかける時、正直私はちょっと怖かったんです。

だって、背が高くて日焼けしててガタイもいい男子が、ずっと一人で、腕を組んでムスっとした表情してるんだもの。この人に声かけて大丈夫かな、急に怒り出して殴られたりしないかな、なんて、内心ドキドキしてました。

(失礼な書き出しでごめんね。でも本当のことです笑)

でも、勇気を出して話してみると、慶介はすごくいい人で、ノリもよくて、熱い心を持ってて、この人が文芸部に入ってくれてよかったなって、私はずっと思ってたんです。

慶介の野球部での話を知った後、私は一人でちょっと泣きました。一番つらいのは慶介なのに、周りのみんなから責められて傷付けられるなんてひどい、って。

でも、一つの夢を諦めて、いっぱい傷付いた慶介だから、人の痛みを理解して共感できるし、誰かに寄り添って優しく背中を押してあげられるんだろうなって思いました。

慶介が勇輝と友達になったことが嬉しいし、全然タイプの違う二人だからこそ、ずっと支え合って、刺激し合っていけると思うし、素敵な相棒になっていけると思っています。

あ、もちろん、私と麻友も慶介と友達だと思ってるし、そうなれたことが嬉しいよ！

どうかこれからも、パワフルな優しさでみんなを引っ張って、怒る時は怒って、楽しく笑って、私が守りたかった文芸部を、支えていってください。

文芸部初代部長（↑ここ大事）、風間夏美より。


八津谷は声を震わせ、溢れる涙も拭わずに、最後まで読み切った。便箋を持って空を見上げ、泣き濡れた顔のまま、無理に笑顔を作って言う。

「なんだよ、怖かったって。じゃあなんで俺に声かけたんだよ、相変わらずワケ分かんねえ。急に殴るわけねえだろバカ……。でも……俺は、お前に部活に誘われて、救われてたんだよ……。孤独じゃなくなったんだ。居場所をもらえたんだ。生きる意味をまた、見つけられたんだよ」

　そして大きく息を吸い込み、秋晴れの空に向かって叫ぶ。

「ありがとなあ、風間あ！　お前が守りたかったもんは、俺がしっかり守るから、お前はそこで安心して見守っててくれ！」

　彼の声を山が反響して、こだまになって響き渡る。その声が、五億キロメートルの彼方の小惑星帯にまで届くように、僕は願った。

　手でぐしぐしと乱暴に涙を拭った後、八津谷は振り返って笑った。

「あー、悔しいが、文化祭準備の時にあいつが言った通り、感動して泣いちまったぜ。まさか小説じゃなくて手紙のことだったとはな……。お、そうだ、次の場所の指示がまたあるのか？」

　彼が便箋を裏返し、そこに書いてある文字を読み上げる。

「『図書準備室の棚の上』って書かれてるぞ。……土曜って学校入れんのか？」

　少し考えて、僕は答えた。

「土曜も学校で練習してる部活もあるから、誰か先生はいると思う。職員室でお願いして、図書室を開けてもらおう」

「次は星乃宛ての手紙かもな」

「ど、どうだろう……」

見晴らし台から下りて、次は学校に向かった。

職員室には文芸部顧問の岩崎先生がいて、事情を話して図書室の鍵を開けてもらった。図書準備室にはいくつも棚が並んでいて、乱雑に積まれた荷物も多く、椅子を持ってきて一つずつ棚の上を確認していく。

静かに見守っていた岩崎先生が、口を開いた。

「風間さんのことは、驚きましたし、とても悲しかったです。みなさんは、大丈夫ですか？」

先生の質問に、八津谷も花部さんも手を止め、うつむいたのが分かった。もちろん、僕もだ。

「……すみません、訊き方が悪かったですね、許してください。あなたたちは本当に仲がよかったので、大丈夫であるはずがないのは、私もよく分かっています。質問を変えます。あなたたちは、文芸部を継続する意思がありますか？」

八津谷と花部さんが、目を見合わせた。その視線は僕に向けられる。二人の目が、どうする、と問うている。僕は悩み、先生に訊いた。

「……確認なんですが、部長が不在で、部員が三人という状態では、部活はどうなるんでしょうか？」

「正確なところは校則に則って別途判断されることになりますが、部活動の規則として、部長、副部長が在籍し、部員が四名以上であるという条件があります。このため、今の文芸部は部活動としての条件を満たしておらず、廃部の判断が下る可能性が非常に高いです」

「やっぱり、そうですよね……。少し、考えてもいいですか」

「ええ、もちろんです」

その後すぐ、この場所に不似合いなお菓子の箱が棚の上で見つかり、開くと中から紙が出てきた。

「あ、今回は次の場所の指示だけだ。『勇輝の部屋の机の裏』……え!?」

「なんだよ、結局お前んちに戻るのか。遠回りなことしてんなぁ」

「でも、疲れますけど、宝探しみたいであたしはちょっと楽しいですよ」

「ま、それは同じ気持ちだわ、ハハハ」

岩崎先生に礼を言って学校を後にし、僕の家に向かう。晩秋の太陽はもう傾き始めていて、黄金の光が町を優しく満たしていた。ゆっくり歩く僕たち三人の影が、アスファルトの道路に長く伸びている。

大きなあくびの後で、八津谷が言った。

「もう何回、この道をこうして歩いたかなあ。放課後になるとすぐに星乃の席に集まって、四人でわちゃわちゃ喋りながら歩いてお前んち行って、卓袱台囲んで清司さんが淹れた美味いほうじ茶飲んで、真面目に話し合ったり、雑談して笑ったり……。まあ、なんつうか、結構充実してた気がするわ」

花部さんがうなずいて、続ける。

「そうですね。今は実感はないですけど、きっと大人になってから今のこの時期を振り返って、ああ、青春だったな、って思うような気がします。これも、夏美ちゃんが文芸部であたしたちを引き合わせてくれたから、ですね」

夏美……。未だ胸に残る悲しみを抱えながら、僕は思っていたことを口にする。

「夏美はよく、『青春は一瞬』って言ってた。もしかしたら、自分に与えられた時間は長くないって、最初から分かってたのかもしれないね。だからこんな風に、前々から僕たちに向けた手紙を少しずつ残していたのかも。……でも、どうしてだろう。星化症の症状が出る前から発症が予見できるなんて、ありえないはずなんだけど」

「海辺の手紙の件か？　本人が星になっちまった今、それを確かめる手段はねえな。もしかしたらこの先見つかる手紙に、書いてあるかもしんねえけど」

八津谷がそう言った。その通りだ。順番的には、やはり次は僕宛ての手紙だろうか。どんなことが書かれているのか、少し緊張してしまう。

やがて家に到着し、二人を僕の部屋に案内した。

「星乃の部屋には初めて入るけど、風間はいつの間に、どうやって手紙を貼り付けたんだ？」

八津谷の質問に、僕は深く考えないまま答えてしまう。

「ああ、夏美だけは、僕の部屋に入ったことがあるんだよ。部活時間が終わった後に」

「は？　なんであいつだけ？」

「あ、えっと……」

何かに気付いたような顔をした花部さんが、両手で口元を押さえた。その顔がみるみる赤くなっていく。彼女は八津谷のシャツの袖を摘まんで揺らした。

「八津谷くん、そこは触れちゃダメです。そっとしておきましょう」

「ああ？　なんでだよ」

「で、ですからぁ……」

ますます顔を赤くする彼女は何か盛大な誤解をしているようだけど、訂正するのも面倒だし、若干恥ずかしいことがあったのは確かなので、ため息だけついて机の裏を覗き込んだ。

「あった。本当にいつの間に貼ってたんだ……」

厚めの洋形封筒が、両面テープで机の裏に貼り付けられている。今も毎日のようにこの机は使っているけれど、まったく気付かなかった。

あの時は、完成した僕の原稿を読みたいと詰め寄られ、この学習机の椅子に座らせて読ませたんだ。僕はベッドに腰かけて、夏美が原稿を読む様子を緊張しながら眺めていた。

もちろん瞬きをしたり、視線を動かしたりはしたけれど、入念な準備をしていないと、気付かれずに貼り付けるのは難しかっただろう。

「なんて書いてあります？」

花部さんに訊かれ、封筒を取り外した。

「『勇輝へ』……僕宛てだ。あ、『一人で読んでね。麻友と慶介は書斎で待ってもらってて、ごめん』、だってさ」

「はあー？　なんでだよ、ここまで来て」

「い、いいから行きましょ八津谷くん。あっちでたっぷり教えますから」

不服そうな八津谷を引っ張り、花部さんは部屋を出ていった。一体どんな説明がされるのか不安で仕方ないけれど、ひとまず僕は封を開き、中の便箋を取り出した。これまでに見つけたものよりも紙の枚数が多く、六枚ほどが重なっている。

高鳴っていく鼓動を宥《なだ》めて、彼女が残した手紙を真剣に読んでいく。

その手紙には、彼女が最後まで隠していた最大の秘密が記されていた。

僕はその内容に驚愕し、理解するために何度も読み直した。

心が温かな感情で満たされ、溢れて、嗚咽《おえつ》を堪えることなく泣いた。

涙が落ち着いた後、僕は便箋を丁寧にもとに戻し、一生の宝物として、机の引き出しに大事にしまった。

そして、待ちくたびれているであろう彼らに会うため、書斎に向かう。

案の定、八津谷はヒマそうに卓袱台の上に突っ伏していて、花部さんは興奮しながら書棚の本を読んでいた。その光景を見て、思わず笑みが零れた。

僕が来たことに気付き、八津谷が顔を上げる。

「おお、やっと来たかよ、遅せーぞ星乃……って、お前、目が真っ赤じゃねえか！　どんだけ泣いたんだよ」

「お帰りなさい、星乃くん。夏美ちゃんの手紙、どうでしたか？」

「うん。しっかり読んで、全部受け止めたよ。夏美は、すごい人だ」

僕の顔を見て、花部さんが優しく笑う。

「ふふっ、星乃くん、いい表情してます」

「どんな内容だったんだ？　やっぱ俺らには言えないことか？」

「えっと、いつか教えるよ。しっかり話すには、長い時間が必要そうだ」

「ふうん？　気になるけど、まあお前が今じゃないっつうんなら楽しみにしとくか」

僕は書斎を歩いて、縁側に繋がる障子を開け放つ。外はもう夜の闇が静かに満ちていて、月明かりの下で庭に佇む三つの星塚が見えた。

以前はこの星塚を見るたびに、胸が苦しく痛んだ。世界の残酷性が、大切な人を僕から奪っていった痕跡を見せつけられているようで。

でも今は、自分が愛されていたということの証のように思える。この命に誇りさえ持てるような気がする。

再び溢れそうになる涙をこらえて、深呼吸するように空気をゆっくり吸い込んだ。そして振り返って、大切な仲間に向けて、言う。

「二人とも、聞いてほしい」

「おう、なんだ？」

「はい、聞きますよ」

八津谷も花部さんも、姿勢を正して僕に真っ直ぐ向き合ってくれた。

「僕はこの世界に、どうやっても残したい物語があるんだ。夏美が願ったように、百年後の未来にまで残るような物語を……。だから、本気で作家を目指そうと思う」

「ん。いいんじゃねえか」

「素敵です。星乃くんならなれますよ。応援します」

「ありがとう。……でも、だからって一人の方が効率がいいとかは、もう言わないよ。人との繋がりの大切さとか、共に過ごす時間の温かさとか、誰かと一緒じゃないと経験できないこともあるって、もう僕は理解できた。だから僕は、夏美が作ってくれて、八津谷や花部さんとも出会うことができたこの文芸部を、続けたいと思う。僕が部長になって、部員も増やして、存続できるように頑張りたい」

　僕の言葉に、八津谷は拳を握り、花部さんは両手を胸に当てた。

「おお、やっぱそうなるよな！　お前が言わなかったら俺が言う予定だったぞ」

「嬉しいです、星乃くんがそう言ってくれて。あたしも、同じ気持ちです」

「うん。……それで、僕は、強くないから、この先も心が折れそうになったり、諦めてしまいそうになる時も、あると思う。そんな時には、二人に支えてほしいし、力になってほしい。もちろん、二人が困ってるような時は、僕も全力で助けるから。だから、その、つまり……二人にはずっと、僕の、友達で、いてほしい」

　真剣に話を聞いてくれていた二人の表情が、ぱっと明るくなった。

「そんなの、当たり前ですよ！　こちらこそ、末永くよろしくお願いしますね、星乃くん！」

「言われなくたってそのつもりだぜ、相棒！」

　三人で縁側に立ち、遥かな夜空を見上げた。

　目には見えなくても、君は確かにそこにいるのだろう。星の海に揺られながら見る長い長い夢が、優しく楽しいものであるように願う。

君が頑張って残してくれたものは、僕たちの中にしっかりと息づいている。僕たちの中に、君は生き続けている。

だから、どうか、いつまでも。

僕の大好きな笑顔で、見守っていてほしい。

拝啓、星乃勇輝さま。

あなたがこの手紙を読んでいるということは、私は今、夜空に輝く星になっているのでしょう。……なんてね。こういう書き出し、ちょっとやってみたかったんだ。

この手紙を書いているのは、九月九日。夏休みが終わって授業が再開し、みんなの休みボケも少しずつ治ってきた頃です。

勇輝が読んでいるのは十一月の終わりくらいかな。麻友や慶介と、ちゃんと仲良くやってますか？

きっと、不器用なくらいに真面目でひたむきな勇輝のことだから、私のお願いである「勇輝にこれからも物語を書き続けてほしい」という言葉を真剣に考えすぎて、「夏美の願いを叶えるには、文芸部を廃部にして一人で黙々と執筆に専念した方がいいに決まってる！」とか思ってそうで、そうじゃないよって伝えたくて、この手紙を書いています。

多分だけど私、文化祭の夜に、私の家族が星化症になった話と、その時に私を救ってくれた一冊の本の話をしたよね？（今の私からしたら一か月後のことだから、ちょっと自信ないけど）

その本、どんな本か気になる？　なるよね？　勇輝、本好きだもんね。

ふっふっふ、教えてあげましょう。

大好きな家族を二人も星化症に奪われて、心が絶望に囚われていた。自分だけが生きている意味が分からなくて、もう死んじゃおうかとも思ってた。そんな時、私を救ってくれた一冊の本のこと。

混乱するだろうから、順を追って書くね。


お父さんは私が小さい頃に事故で亡くなってて、お姉ちゃんもお母さんも星になっちゃって、身寄りのない私は孤児院で暮らすようになりました。麻友への手紙にも書いたけど、私実は人付き合いが苦手で、傷付くのが怖くて誰にも心を開けず、そのくせ寂しがり屋っていう、困った人間でした。

喜びも楽しさも、未来への夢や希望もない、心が砕けそうな孤独の中で、ただ無機質に命を続けているだけの、灰色の日々。

そんな日々の中で、孤児院の本棚にあった一冊の文庫本を、何気なく手に取って読み始めたんです。随分昔に寄贈されたものみたいで、カバーはなくなってて、表装はボロボロ。でも中は綺麗で、ちゃんと読めました。

読み進めると私はすぐに物語の世界に引き込まれて、夢中になって読んだんです。

物語の世界や場面の光景が目の前に広がって、主人公たちの感情が自分の心に溶け込んで、綴られた言葉が孤独な私にそっと寄り添ってくれるみたいで、悲しいのにすごく温かくて、優しくて、気付くと読みながらぽろぽろ泣いてたんです。

読み終えた時には声を上げて泣いちゃいました。でもそれは悲しい涙じゃなくて、ずっと凍らせていた心が温かく溶かされて、寂しさや苦しさが涙と一緒に少しずつ流れて青空に昇っていくような、そんな気分でした。

何回も読み返して、印象的なセリフは暗唱できるくらい覚えました。その本の存在と、物語を読んだ記憶が、私の心の中で温かな熱になって、生きる力を与えてくれるんです。それくらい、私にとって特別な本です。

私を救ったその本の作者は、〝星乃勇輝〟という名前でした。

……驚いた？　それとも、ちょっと想像ついてたかな？

そう、実は私は、勇輝たちが生きている時間よりも、百年ほど未来の世界の人間なんです。

すぐには信じられないかもしれないし、証明するのも難しいんだけど、この時代で私が住んでる『ひかりの園』の職員さんに、私がスマホを持ってたか訊いてみてください。持ってなかったって答えるはずです（所持する場合は申請が必要なの）。

でも私、ＬＩＮＥに返事したりしてたでしょ？　あれは、頭の中にあるインジェクションデバイスっていうすごく小さな機械で、この時代のネットに繫いでアプリをインストールしてやり取りしてたんだ。未来っぽいでしょ。

えーっと、脱線しちゃいましたね。閑話休題。

で、私はその一冊の文庫本に心を救われて、その本を書いた〝星乃勇輝〟という作家さんに、言い表せないいくらいの大きな感謝の気持ちを抱いたんです。

この気持ちを伝えたいって、強く思いました。でもその人は百年前の人。大昔に死んじゃってます。ファンレターを書いても届くわけがないし、直接会って言葉を伝えるなんてもっと無理。

どんな人で、どんな人生だったんだろう、どうしてこの物語を書いたんだろう……って想像するのが楽しくて、どんどん気になっていく。その気持ちはもう、憧れを越えて、恋と言ってもいいくらいでした。

可笑しいでしょう？　百年前に生きてた、顔も知らない人に、恋をするなんて。

でもそれくらい、その本との出会いは運命的で、私を変えてくれたんです。

で、ここからがまた驚きの展開。心の準備はいい？

本の余韻と、初めての恋に浸っていた、秋の終わり頃。私は夢の中で、一人の女性と会ったんです。

その人は、私にこう言いました。

「あなたには苦労させてしまうかもしれないけれど、会ってほしい人がいるの」って。

優しそうで、長い髪が似合う、すごく綺麗な大人の女性でした。その人が言うには、会ってほしい人というのは、今からずっと過去の世界にいるそう。夢の中だから特に疑問も持たずに、今の時代に家族も友達もいなくてなんの未練もない私は、迷うことなく了承したの。

その人は、私に感謝してから、こう言った。

「私はその子に、また世界を愛せるようになってほしい。自分の人生をめいっぱい楽しんでほしい。深く傷付いて心を閉ざしてしまったあの子が、優しく変わっていけるような、そんな素敵な人と出会ってほしい。……そう願っていたら、あなたに会えたの」

別れ際、女性は会ってほしい人の名前を教えてくれた。〝星乃勇輝〟という男の子だと。

もう分かったかな。その女性は、あなたのお母さんだよ。星になる時の願いの力で、百年の時を越えて私と夢で繋がったんだね。

初めは、私が〝星乃勇輝〟のことばかり考えてるから見た変わった夢なのかな、と思った。でも夢から覚めた後、ゆっくり目を開けて、それはもうびっくりしました。

だって、眠っていたベッドもなければ机もタンスも、部屋の壁や天井すらない。草原みたいな所で、私は目覚めたんです。

混乱してると、頭の中のインジェクションデバイスが電波を解析して、時刻の自動補正をしました。西暦の数字は、私の住んでた時代から百年前のもの……。

もとの時代でもタイムトリップの技術は確立されてないから、愕然としました。それと同時に、嬉しくも思いました。

私を救ってくれた大好きな〝星乃勇輝〟に、会いに行ける。この感謝の気持ちを直接伝えられるんだ、って。

それが、私が中学二年生、十四歳の時。

それから私は、戸籍を持たない人間として、児童養護施設『ひかりの園』にお世話になりながら、どこかにいるはずのあなたを探し始めました。

そして、今に至る、というわけ。

そんな感じで私の経緯はとっっっても複雑で、麻友や慶介なら信じてくれる気もするけど、混乱もさせちゃうと思うから、あなたにだけ伝えました。二人にも教えるかどうかは、あなたにお任せします。

すごく長くなっちゃいましたね。

本当はもっと書きたいこと、伝えたいこともあるけど、終わらなくなっちゃうから、まとめるね。

勇輝、遥か遠い未来で、私の心を救ってくれて、ありがとう。

今のあなたは、いっぱい傷付いて、心が不安定で、悩むことも苦しむことも多いと思う。

生きていると、つらいことも、悲しいことも、別れも、いっぱいあるよね。

でも、楽しいことや嬉しいこと、新しい素敵な出会いだって同じくらい、いや、それ以上に、沢山あるんだよ。

それを、あなたは私に物語で教えてくれた。私の人生を輝かせてくれた。だから今度は、私から、あなたへ、伝える番。

傷付くことを恐れて、自分の殻に閉じこもっていたら、知り得ないような素敵なことや、素敵な景色が、この世界にはいっぱいあるよ。

時に傷付いて、涙が流れても、勇気を出して未来に一歩踏み出すことで出会える温かな幸福の存在を、信じて、忘れないでいてほしい。

どうか恐れないで、未来に向かって歩き続けて。

あなたのその道筋が、優しく繊細な物語が。

いつかどこかで、誰かの涙を拭って、傷付いた心を温め、力強く背中を押してくれるのだから。

それじゃあね。

ずっとあなたのことが大好きな、　風間夏美より。

#あとがき　ロング・ロング・ラブレター

この本を手に取っていただき、ありがとうございます。

初めまして、作者の星乃勇輝と申します。

小説の主人公と同じ名前だなと思った方、その通りです。これは、僕の人生の一部を切り抜いた、僕の物語です。

執筆する上で、編集さんのご指摘やアドバイスなどを受けて若干の脚色を加えてはいますが、ほぼ全て実話です。

自分の青春時代の一時期を赤裸々に曝《さら》け出すというのは、なかなか恥ずかしいものですね。特に初恋の経緯とか、それに伴う苦悩や感情的な言動なんかは、大人になった今思えばとても未熟で、「これが書店に並んで読者のみなさまに読まれるのか」と思うと頭を抱えて叫びたくなるような強烈な羞恥《しゅうち》に襲われます。

でも、僕は、どうしても、この短くも輝いていた数か月の日々を、物語にしたかった。

塞ぎ込んでいた僕を変えて、僕を救ってくれて、そして星になった素敵な人のことを、多くの人に知ってもらいたかったんです。

刊行に至るまでに、様々な人たちの助力をいただきました。

無名の作家である僕に声をかけてくださり、書籍化会議でもこの企画を推していただいた編集の井貝《いがい》さん、ありがとうございます。

最高に素敵な表紙イラストで、物語に流れる空気感まで美麗に表現してくださった中村至宏《なかむらゆきひろ》さん、ありがとうございます。

本文にも登場している二人の親友、八津谷慶介氏と花部麻友氏には、執筆中に挫けそうになる僕を何度も叱咤激励してもらいました。いつもありがとう。それと、結婚おめでとう。

そしてこの物語を読んでくださったあなたも、本当にありがとうございます。もし楽しんでいただけたなら、少しでも胸の中に温かなものを感じていただけたのなら、この物語の存在がまた一つ素敵な意味を与えられるようで、作家冥利《みょうり》に尽きます。

みなさまのおかげで、この本が完成しました。決して僕一人では成し得なかったものです。かつて夏美が教えてくれた、人との繋がりの温かさを、僕は今でも感じています。


ここからは、あとがきを使った個人的なメッセージになります。みなさんは、自分は関係ないと思ったら、読み飛ばしていただいて大丈夫です。

拝啓、風間夏美さま。

いつかどこかの遠い未来で、この本を手にする君へ。

君は今、世界の残酷性によって大切な人を理不尽に奪われ、悲しみと孤独の底に一人で佇んでいるのだと思います。

それを思うと、胸が張り裂けそうになります。今すぐ駆け付けて、君は一人じゃないんだよと伝えたい。

でも僕にはそれが叶わないから、百年後にも残るようにと願いながら、必死になってこの本を作りました。本当に君のもとに届くのか、僕には確かめようがありません。でも、きっと届くと信じています。

かつて、君がまだ知らない未来の君が、過去の僕に教えてくれたように、この物語が君の悲しみの雨を晴らし、その人生に降り注ぐ光を与えることを、心から願っています。

僕の実際の体験を書くということについては、かなり迷いました。それはつまり、君の未来にレールを敷いてしまうということだからです。

以前君は、運命というものが本当にあると思うか、僕に訊いていました。それは、僕が実体験を書き、君がそれを読んだことで、過去に跳んだ君がその物語を実現するために、レールに沿ってみなを誘導していることの不安の表れだったのかな、と思います。そう思わせてしまったのなら、本当にすみません。

さらには、この物語の展開によって、君自身の未来を通告することにも繋がってしまいます。これは本当に何度も、何日も、悩み続けました。

僕は、君の未来を縛るつもりはありません。この物語は君の可能性の一つにすぎません。君はどこにでも行けるし、どんな自分にもなれます。

僕はただ、大好きな君が笑顔になれることを、願っているだけです。

そのために、この言葉を贈らせてください。


夏美、遥か遠い過去で、僕の心を救ってくれて、ありがとう。

今の君は、いっぱい傷付いて、心が不安定で、悩むことも苦しむことも多いと思う。

生きていると、つらいことも、悲しいことも、別れも、いっぱいあるよね。

でも、楽しいことや嬉しいこと、新しい素敵な出会いだって同じくらい、いや、それ以上に、沢山あるんだよ。

それを、君は僕に身をもって教えてくれた。僕の人生を輝かせてくれた。だから今度は、僕から、君へ、伝える番だ。

傷付くことを恐れて、自分の殻に閉じこもっていたら、知り得ないような素敵なことや、素敵な景色が、この世界にはいっぱいあるよ。

時に傷付いて、涙が流れても、勇気を出して未来に一歩踏み出すことで出会える温かな幸福の存在を、信じて、忘れないでいてほしい。

だから、どうか恐れないで、未来に向かって歩き続けて。

君のその道筋が、優しく温かな命が。

いつかどこかで、誰かの涙を拭って、傷付いた心を温め、力強く背中を押してくれるのだから。

今でもずっと君のことが大好きな、星乃勇輝より。

この本は、百年の時を越えて君に宛てた、長い、長い、ラブレターです。

読み終えるのはもう何度目になるだろう。

今回も、最初の書き出しから最後のあとがきまで通しで読んで、涙を拭うのも忘れるくらいぼろぼろと泣いていた。

本を閉じて胸に抱き、心を満たす熱い余韻を味わいながら、ゆっくりと息を吐き出す。まるで耳元で愛を囁かれたみたいに、心臓が心地よくドキドキと鳴っているのを感じる。

本当に不思議な本。奥付の刊行年は今から百年も昔なのに、まるで私個人に向けて語りかけて、寄り添ってくれるような物語とあとがきだ。

ヒロインの名前も私と同じだし、もしかして本当に、私のために書かれた本なのだろうか……なんて考えるのは、思い上がりなんだろうな。

だって私は、物語の中の明るくて元気な〝風間夏美〟さんとは似ても似つかない、後ろ向きで、卑屈で、臆病で、かわいくも綺麗でもない、ニセモノの〝風間夏美〟なのだから。

でも——と、いつも考えてしまう。

本当に私が、この物語のような素敵な世界に行けるのなら……。

家族も、心を許せる友達もいなくて、この冷たい牢屋みたいな孤児院で、ひとりぼっちで生きている私が。麻友、慶介、そして、勇輝。大好きな人たちと、たとえ短い間だとしても同じ時間を過ごせるのなら……。

そうして心に思い描く光景は、この孤独な現実とは対照的に、眩しいくらいに明るくて、あまりに優しくて、温かくて、また私は泣いてしまう。

そこに行きたい。みんなに会いたい。

私と同じように勇輝が、深く傷付いて独りで震えているのなら、物語の中の夏美のように、あなたは一人じゃないんだよって、その手を握って、教えてあげたい。

いつか自分も星化症で星になってしまうとしても、彼らと過ごせる数か月の青春が、羨ましくて仕方ない。

私は、本を机に置いて立ち上がると、孤児院の部屋の小さな窓を開けて、暗い夜空を見上げた。真夜中でも消えない街のネオンで星はほとんど見えない。でも。

数年前の調査で、星化症患者の最後の光が飛んでいった先で、アステロイドベルトに新たな小惑星が生成されることが判明したらしい。だから、お姉ちゃんも、お母さんも、そこにいるんだ。

祈りの形に手を組んで、遠い彼方の星に願う。どうか私を、この物語のみんなの場所に連れていってください。

「……なんて、中二にもなって何やってんだろ、私」

照明を消して、倒れるようにベッドに寝転がって目を閉じる。

読み終えたばかりの物語のことを考える。これを書いた〝星乃勇輝〟という作家さんのことを考える。この時だけ、私は冷たい現実から浮遊して、幸福な気持ちになれる。

やがて、まどろみは私を夢に連れていく。

★

何もない、果てもない、一面が白の世界に、私は立っている。

私の名前を呼ぶ声が聞こえた気がして、振り返った。

「あ、お母さん……?」

数メートル先に立つ母は、優しく微笑んでいた。どうしてか、ひどく懐かしい。不意に泣いてしまいそうなほどに。

母は静かに私を手招きしてから、遠ざかるように歩き出した。

「待ってよ、お母さん」

なぜかとっても歩きにくい。水の中にいるみたいに手足が重くて、体が思うように動かせない。

やがて母の後ろ姿は霧に隠れるみたいに見えなくなった。私は立ち止まり、うつむいて、ぽろぽろと涙を零す。

「あなたが、わたしを呼んでくれたの？」

聞き慣れない声がして顔を上げると、母が消えた場所に、知らない大人の女性が立っていた。優しそうで、長い髪が似合う、とても綺麗な人だ。その人は私の様子を見て、言った。

「……違うみたいね。どうして、泣いているの？」

「分からないんです。でも、悲しくて、寂しくて」

拭っても、拭っても、涙は溢れてくる。女性が歩み寄って、私を抱きしめてくれた。

「どうしてこの世界は、こんなにもつらいことが多いんだろうね……。でも大丈夫よ。あなたが前を向いて歩き続ける限り、優しいことや、素敵なことも、同じくらい訪れるから」

「本当ですか？」

「そうよ、わたしが保証する。だってわたしは、こうしてあなたに会えたんだもの」

「……私に？」

女性は私を放し、真っ直ぐに私と向き合った。

「わたしね、どうしても叶えたい、大切な願いがあるんだ。あなたがよければ、聞いてもらってもいいかな？」

になろうとしている」

「ありがとう……。もしかしたらあなたには、とても苦労させてしまうかもしれないけれど、どうしても会ってほしい人がいるの。わたしの息子で、年もあなたと同じくらい。あなたの時間から百年くらい過去で、その子は今、深く傷付いて、世界を嫌いになろうとしている」

頭がぼんやりしていて、よく分からない。でも、私は真っ直ぐにうなずいた。この人は絶対に悪い人じゃないって思えたから。

「はい、いいですよ。その人に会えばいいんですね」

「えっ、本当にいいの？　自分で言っておいて無茶なお願いだって思ってるんだけど」

「いいんです。私、今の私には、なんの未練もないので」

「そう……それなら、ありがとう。——わたしはその子に、また世界を愛せるようになってほしい。自分の人生をめいっぱい楽しんでほしい。深く傷付いて心を閉ざしてしまったあの子が、優しく変わっていけるような、そんな素敵な人と出会ってほしい。……そう願っていたら、誰かに呼ばれて、こうしてあなたに会えたの」

「私なんて、そんな……」

卑屈になってうつむく私に、女性は優しく微笑んで言う。

「今は深い悲しみや不幸が、あなたを覆い隠しているだけ。本当のあなたは、とっても素敵な人だよ。だって、わたしの星が、あなたを選んだのだから」

「星……」

真っ白な世界が光を増すみたいに、白さが強くなっていく。女性の姿が薄らいできた。

「わたしの息子の名前は、星乃勇輝というの。どうか、勇輝をお願いね……」

ほしの、ゆうき。なんだか特別な名前のような気がするけれど、心がふわふわとしていて分からない。瞼が重く、目を開けていられなくなってくる。

そして、白が、私を呑み込んだ。

★

頬を撫でる風の感触。鼻をくすぐる緑色の匂い。瞼の向こうの眩しい光。

ゆっくりと目を開けると、私は草原の上で仰向けに横たわっていた。

「えっ!?」

慌てて飛び起きて、辺りを見渡す。住んでいた孤児院も、ネオン輝くビル街もなく、遠くの方に古めかしい町や小さな林が見えた。

「どうなってるの……?」

しばらくすると頭の中に組み込まれているデバイスが、視界の端に現在日時を表示した。その西暦の数字は、私がいた時代よりも、百年も昔だった。

心臓がバクバクと音を立てて高鳴っている。

それは、怖さや不安によるものではなかった。むしろ、喜びや興奮に近い。

さっきまで見ていた夢。あれは多分、ただの夢じゃない。

星乃勇輝、と、あの大人の女性は言っていた。

百年前の、この世界。ここにはきっと、勇輝がいる。麻友も、慶介も、ここで生きているんだ。私もそこに、加えてもらえるんだ。

「よおーし……」

私は立ち上がって深呼吸をし、気合を入れるように両手で頬を叩いた。

「絶対見つけるからね、勇輝！」

そして私はこの過去の世界で、愛しい未来に向かって、大きな一歩を踏み出した。

あとがき

この本を手に取っていただき、ありがとうございます。
初めまして、作者の青海野灰と申します。
今度こそ本当のあとがきです。

僕はいつも、物語の主人公や登場人物たちに、自分の人生や、心のかけらを投影しています。そうやって、変えようのない自分の過去とか傷とか後悔なんかに、意味を与えようとしているんです。
この物語では、深く傷付いて自分を守るために人との「繋がり」を断った少年が、避けていた「繋がり」の中で再生していく過程を描きました。それは僕自身も、似たような経験があったからです。
物語中に登場する星化症はもちろんフィクションの病気ですが、僕も勇輝のように学生時代に深く傷付いて、人間関係とか、この世界そのものとか、自分の命というものに、絶望していました。詳細は省きますが（笑）
心を守るために全てを遠ざけて、何も信じられなくて周りに牙を剥いて、孤独になって、世界の悪い面だけを見て全て知った気になっていた。こんな命、続ける価値もないと、思っていた。

でもそれじゃあ苦しくて、不安で、怖くて、とても生きられない。

そんな僕を変えてくれたのは、やっぱり、人との「繋がり」でした。時間はかかったけれど、信じられる人がいるという安心や、誰かを大切に想えることの温かさが、凍らせていた心をゆっくりと溶かしてくれました。

例えば、暮れかけの空に描く飛行機雲。水田に浮かぶ満月。季節の変わり目の空気の匂い。朝露に濡れる花弁。風に揺れる木漏れ陽。

そういった、世界に散りばめられた美しさや優しさを、傷付いた心を通して見つけるたびに、泣きそうなくらいに愛せるようになりました。

だから僕は、物語を書いています。

これを読んでいるあなたが、もし今、過去の僕や勇輝と同じような苦しみの中にいるのなら、無責任な言葉かもしれませんが、聞いてください。

傷も絶望も後悔も、永遠じゃない。心も、状況も、絶対に変わっていく。

だから、どうか、今の感情だけで、世界や命を諦めてしまわないで。

顔も名前も知らなくても、その暗闇のトンネルをいつか抜けることを、涙や悲しみがやがて微笑みに変わることを、ずっと願っています。

だからこの物語を、僕から、あなたへ、贈ります。
あなたは、誰に、伝えたいですか。

青海野灰

この物語はフィクションです。実在の人物、団体等とは一切関係がありません。

青海野灰先生へのファンレターのあて先
〒104-0031　東京都中央区京橋1-3-1　八重洲口大栄ビル7F
スターツ出版（株）書籍編集部 気付
青海野灰先生

拝啓、やがて星になる君へ

2025年1月28日　初版第１刷発行

著　者　　青海野灰　

発 行 人　菊地修一
デザイン　フォーマット　西村弘美
　　　　　カバー　木下佑紀乃＋ベイブリッジ・スタジオ
発 行 所　スターツ出版株式会社
　　　　　〒104-0031
　　　　　東京都中央区京橋1-3-1　八重洲口大栄ビル7F
　　　　　TEL　03-6202-0386（出版マーケティンググループ）
　　　　　TEL　050-5538-5679（書店様向けご注文専用ダイヤル）
　　　　　URL　https://starts-pub.jp/
印 刷 所　大日本印刷株式会社

Printed in Japan

ISBN　978-4-8137-1693-8　C0193

スターツ出版文庫　好評発売中!!

『きみは溶けて、ここにいて』　青山《あおやま》永《えい》子《こ》・著

友達をひどく傷つけてしまってから、人と親しくなることを避けていた文子。ある日、クラスの人気者の森田に突然呼び出され、俺と仲良くなってほしいと言われる。彼の言葉に最初は戸惑う文子だったが、文子の臆病な心を支え、「そのままでいい」と言ってくれる彼に少しずつ惹かれていく。しかし、彼にはとても悲しい秘密があって…？　「闇を抱えるきみも、光の中にいるきみも、まるごと大切にしたい」奇跡の結末に感動！　文庫限定書き下ろし番外編付き。

ISBN978-4-8137-1681-5／定価737円（本体670円+税10%）

『君と見つけた夜明けの行方』　微《び》炭酸《たんさん》・著

ある冬の朝、灯台から海を眺めていた僕はクラスの人気者、秋永音子に出会う。その日から毎朝、彼女から呼び出されるように。夜明け前、2人だけの特別な時間を過ごしていくうちに、音子の秘密、そして“死”への強い気持ちを知ることに。一方、僕にも双子の兄弟との壮絶な後悔があり、音子と2人で逃避行に出ることになったのだが――。同じ時間を過ごし、音子と生きたいと思うようになっていき「君が勇気をくれたから、今度は僕が君の生きる理由になる」と決意する。傷だらけの2人の青春恋愛物語。

ISBN978-4-8137-1680-8／定価770円（本体700円+税10%）

『龍神と許嫁の赤い花印五～永久をともに～』　クレハ・著

天界を追放された龍神・堕ち神の件が無事決着し、幸せに暮らす龍神の王・波琉とミト。そんなある日、4人いる王の最後のひとり、白銀の王・志季が龍花の街へと降り立つ。龍神の王の中でも特に波琉と仲が良い志季。しかし、だからこそ志季はふたりの関係を快く思っておらず…。永遠という時間を本当に波琉と過ごす覚悟があるのか。ミトを試そうと志季が立ちはだかるが――。「私は、私の意志で波琉と生きたい」運命以上の強い絆で結ばれた、ふたりの愛は揺るぎない。超人気和風シンデレラストーリーがついに完結！

ISBN978-4-8137-1683-9／定価704円（本体640円+税10%）

『鬼の生贄花嫁と甘い契りを七～ふたりの愛は永遠に～』　湊《みなと》祥《しょう》・著

赤い瞳を持って生まれ、幼いころから家族に虐げられ育った凛は、鬼の若殿・伊吹の生贄となったはずだった。しかし「俺の大切な花嫁」と心から愛されていた。数々のあやかしとの出会いにふたりは成長し、立ちはだかる困難に愛の力で乗り越えてきた。そんなふたりの前に再び、あやかし界『最凶』の敵・是界が立ちはだかった――。最大の危機を前にするも「永遠に君を離さない。愛している」伊吹の決意に凛も覚悟を決める。凛と伊吹、ふたりが最後に選び取る未来とは――。鬼の生贄花嫁シリーズ堂々の完結！

ISBN978-4-8137-1682-2／定価781円（本体710円+税10%）

スターツ出版文庫　好評発売中!!

『星に誓う、きみと僕の余命契約』　長久《ながひさ》・著

「私は泣かないよ。全力で笑いながら生きてやるぞって決めたから」親の期待に応えられず、全てを諦めていた優惺。正反対に、難病を抱えても前向きな幼馴染・結姫こそが優惺にとって唯一の生きる希望だった。しかし七夕の夜、結姫は死の淵に立たされる。結姫を救うため優惺は謎の男カササギと余命契約を結ぶ。寿命を渡し余命一年となった優惺だったが、契約のことが結姫にバレてしまい…「一緒に生きられる方法を探そう?」期限が迫る中、契約に隠された意味を結姫と探すうち、優惺にある変化が。余命わずかなふたりの運命が辿る予想外の結末とは——。

ISBN978-4-8137-1664-8／定価803円（本体730円+税10%）

『姉に身売りされた私が、武神の花嫁になりました』　飛野《とびの》 猶《ゆう》・著

神から授かった異能を持つ神憑きの一族によって守られ、支配される帝都。沙耶は、一族の下方に位置する伊縫家で義母と姉に虐げられ育つ。姉は刺繍したものに思わぬ力を宿す「神縫い」という異能を受け継ぎ、女王のごとくふるまっていた。一方沙耶は無能と蔑まれ、沙耶自身もそう思っていた。家を追い出され、姉に身売りされて、一族の頂点である最強武神の武琉に出会うまでは…。「どんなときでもお前を守る」そんな彼に、無能といわれた沙耶には姉とはケタ違いの神縫いの能力を見出されて…⁉異能恋愛シンデレラ物語。

ISBN978-4-8137-1667-9／定価748円（本体680円+税10%）

『引きこもり令嬢は皇妃になんてなりたくない！　強面皇帝の溺愛が駄々漏れで困ります』　百門一新《ももかどいっしん》・著

家族の中で唯一まともに魔法を使えない公爵令嬢エレスティア。落ちこぼれ故に社交界から離れ、大好きな本を読んで引きこもる生活を謳歌していたのに、突然、冷酷皇帝・ジルヴェストの第1側室に選ばれてしまう。皇妃にはなりたくないと思うも、拒否できるわけもなく、とうとう初夜を迎え…。義務的に体を繋げられるのかと思いきや、なぜかエレスティアへの甘い心の声が聞こえてきて…？予想外に冷酷皇帝から愛し溶かされる日々に、早く離縁したいと思っていたはずが、エレスティアも次第にほだされていく——。コミカライズ豪華1話試し読み付き！

ISBN978-4-8137-1668-6／定価858円（本体780円+税10%）

『神様がくれた、100日間の優しい奇跡』　望月《もちづき》くらげ・著

不登校だった蔵本隼都に突然余命わずかだと告げられた学級委員の山瀬萌々果。一見悩みもなく、友達からも好かれている印象の萌々果。けれど実は家に居場所がなく、学校でも無理していい子の仮面をかぶり息苦しい毎日を過ごしていた。隼都に余命を告げられても「このまま死んでもいい」と思う萌々果。でも、謎めいた彼からの課題をこなすうちに、少しずつ彼女は変わっていき…。もっと彼のことを知りたい、生きたい——そう願うように。でも無常にも三カ月後のその日が訪れて…。文庫化限定の書き下ろし番外編収録！

ISBN978-4-8137-1679-2／定価770円（本体700円+税10%）

スターツ出版文庫　好評発売中!!

『妹の身代わり生贄花嫁は、10回目の人生で鬼に溺愛される』　編乃《あみの》 肌《はだ》・著

巫女の能力に恵まれず、双子の妹・美恵から虐げられてきた千幸。唯一もつ「回帰」という黄泉《よみ》がえりの能力のせいで、9回も不幸な死を繰り返していた。そして10回目の人生、村きっての巫女である美恵の身代わりに恐ろしい鬼の生贄に選ばれてしまう。しかし現れたのは“あやかしの王”と謳われる美しい鬼のミコトだった。「お前は運命の――たったひとりの俺の花嫁だ」美恵の身代わりに死ぬ運命だったはずなのに、美恵が嫉妬に狂うほどの愛と幸せを千幸はミコトから教えてもらい――。

ISBN978-4-8137-1655-6／定価704円（本体640円+税10%）

『初めてお目にかかります旦那様、離縁いたしましょう』　朝比奈希夜《あさひなきよ》・著

その赤い瞳から忌み嫌われた少女・彩葉には政略結婚から一年、一度も会っていない夫がいる。冷酷非道と噂の軍人・惣一である。自分が居ても迷惑だから、と身を引くつもりで離縁を決意していた彩葉。しかし、長期の任務から帰還し、ようやく会えた惣一はこの上ない美しさを持つ男で…。「私は離縁する気などない」と惣一は離縁拒否どころか、彩葉に優しく寄り添ってくれる。戸惑う彩葉だったが､実は惣一には愛ゆえに彩葉を遠ざけざる“ある事情”があった。「私はお前を愛している」離婚宣言から始まる和風シンデレラ物語。

ISBN978-4-8137-1656-3／定価737円（本体670円+税10%）

『余命わずかな私が、消える前にしたい10のこと』　丸井《まるい》とまと・著

平凡で退屈な毎日にうんざりしていた夕桔は、16歳の若さで余命半年と宣告される。最初は落ち込み、悲しむばかりの彼女だったが、あるきっかけから、人生でやり残したことを10個、ノートに書き出してみた。ずっと変えていなかった髪型のこと、疎遠になった友達とのこと、家族とのこと、好きな人とのこと…。それをひとつずつ実行していく。どれも本当にやろうと思えば、いつだって出来たことばかりだった。夕桔はつまらないと思っていた“当たり前の日々”の中に、溢れる幸せを見つけていくー。世界が色づく感動と希望の物語。

ISBN978-4-8137-1666-2／定価726円（本体660円+税10%）

『死神先生』　音《おと》はつき・著

「ようこそ、“狭間の教室”へ」――そこは、意識不明となった十代の魂が送られる場所。自分が現世に残してきた未練を見つけるという試験に合格すれば、その後の人生に選択肢が与えらえる。大切な人に想いを伝えたい健人、自分の顔が気に入らない美咲、人を信じられない雅…事情を抱えた“生徒”たちが、日ごと“死神先生”の元へやってくる。――運命に抗えなくてもどう生きるかは自分自身で決めていい。最後のチャンスを手にした若者たちの結末は…？「生きる」ことに向き合う、心揺さぶる青春小説。

ISBN978-4-8137-1664-8／定価748円（本体680円+税10%）

スターツ出版文庫　好評発売中!!

『妹に虐げられた無能な姉と鬼の若殿の運命の契り』　小谷《こたに》杏子《きょうこ》・著

幼い頃から人ならざるものが視え気味悪がられていた藍。17歳の時、唯一味方だった母親が死んだ。『あなたは、鬼の子供なの』という言葉を残して──。父親がいる隠り世に行く事になった藍だったが、鬼の義妹と比べられ「無能」と虐げられる毎日。そんな時「今日からお前は俺の花嫁だ」と切れ長の瞳が美しい鬼一族の次期当主、黒夜清雅に見初められる。半妖の自分に価値なんてないと、戸惑う藍だったが「一生をかけてお前を愛する」清雅から注がれる言葉に嘘はなかった。半妖の少女が本当の愛を知るまでの物語。

ISBN978-4-8137-1643-3／定価737円（本体670円+税10%）

『追放令嬢からの手紙～かつて愛していた皆さまへ　私のことなどお忘れですか?～』　マチバリ・著

「お元気にしておられますか？」──ある男爵令嬢を虐げた罪で、王太子から婚約破棄され国を追われた公爵令嬢のリーナ。5年後、平穏な日々を過ごす王太子の元にリーナから手紙が届く。過去の悪行を忘れたかのような文面に王太子は憤るが…。時を同じくして王太子妃となった男爵令嬢、親友だった伯爵令嬢、王太子の護衛騎士にも手紙が届く。怯え、蔑み、喜び…思惑は違えど、手紙を機に彼らはリーナの行方を探し始める。しかし誰も知らなかった。それが崩壊の始まりだということを──。極上の大逆転ファンタジー。

ISBN978-4-8137-1644-0／定価759円（本体690円+税10%）

『余命一年　一生分の幸せな恋』

「次の試合に勝ったら俺と付き合ってほしい」と告白をうけた余命わずかの郁（『きみと終わらない夏を永遠に』 miNato）、余命を隠し文通を続ける楓香（『君まで1150キロメートル』永良サチ）、幼いころから生きることを諦めている梨乃（『君とともに生きていく』望月くらげ）、幼馴染と最期の約束を叶えたい美織（『余命三か月、「世界から私が消えた後」を紡ぐ』湊 祥）、──余命を抱えた４人の少女が最期の時を迎えるまで。余命わずか、一生に一度の恋に涙する、感動の短編集。

ISBN978-4-8137-1653-2／定価770円（本体700円+税10%）

『世界のはじまる音がした』　菊川《きくかわ》あすか・著

「あたしのために歌って！」周りを気にしてばかりの地味女子・美羽の日常は、自由気ままな孤高女子・楓の一言で一変する。半ば強引に始まったのは、“歌ってみた動画”の投稿。歌が得意な美羽、イラストが得意な楓、二人で動画を作ってバズらせようという。自分とは正反対に意志が強く、自由な楓に最初こそ困惑し、戸惑う美羽だったが、ずっと隠していた“歌が好きな本当の自分”を肯定し、救ってくれたのもそんな彼女だった。しかし、楓にはあるつらい秘密があって…。「今度は私が君を救うから！」美羽は新たな一歩を踏み出す──。

ISBN978-4-8137-1654-9／定価737円（本体670円+税10%）

書店店頭にご希望の本がない場合は、書店にてご注文いただけます。